Jennifer Estep

Sense of Winter

Jennifer Estep

Sense of Winter

Roman

Aus dem Amerikanischen
von Vanessa Lamatsch

PIPER

Wenn Ihnen dieser Roman gefallen hat, schreiben Sie uns unter Nennung des Titels »Sense of Winter« an *empfehlungen@piper.de*, und wir empfehlen Ihnen gerne vergleichbare Bücher.

Von Jennifer Estep liegen im Piper Verlag vor:
Mythos Academy (Serie)
Mythos Academy Colorado (Serie)
Black Blade (Serie)
Bigtime (Serie)
Elemental Assassin (Serie)
Die Splitterkrone (Serie)
Gargoyle Queen (Serie)

Section 47:
Band 1: Sense of Danger
Band 2: Sense of Winter

Deutsche Erstausgabe
ISBN 978-3-492-70655-1

Published by Arrangement with Jennifer Estep
Titel der amerikanischen Originalausgabe:
»Sugar Plum Spies«, Selbstpubliziert, 2022

Redaktion: Regina Jooß
Satz: Satz für Satz, Wangen im Allgäu
Gesetzt aus der Whitman
Druck und Bindung: CPI Books GmbH, Leck
Printed in the EU

Für alle Fans,
die weitere Bücher aus der Section 47-Reihe haben wollten –
das ist für euch.

Für meine Mom –
für alles.

Für Karen –
die, wie Charlotte, kein Grünzeug mochte.
Du wirst schmerzlich vermisst.

1

Charlotte

Man erkannte Verbrecher immer an ihren Spielzeugen.

Schicke Autos, riesige Jachten, Privatflugzeuge, teure Kunstwerke. Meiner Erfahrung nach stellten die meisten Kriminellen ihren unrechtmäßig erworbenen Reichtum nur zu gern zur Schau. Für viele war das eine nicht allzu subtile Möglichkeit, allen anderen – besonders ihren Rivalen – unter die Nase zu reiben, wie klug, vermögend, stark und erfolgreich sie waren. Paranormale Kriminelle – also Verbrecher mit magischen Fähigkeiten – neigten sogar zu noch mehr Prunk und Protz und noch verschwenderischen Spielzeugen.

Wie Burg Tannenbaum.

Ich stand am hinteren Ende des riesigen Ballsaals, der einen Großteil des ersten Stockwerks der weitläufigen Burg einnahm. Kristalllüster tauchten den Saal in ein sanftes, warmes Licht, das die weißen Marmorböden und farbenfrohen Wandbehänge bestmöglich zur Geltung brachte. Dicke Girlanden aus Nadelzweigen geschmückt mit silbernen Schleifen hingen von der Galerie wie Zuckerguss. Hoch über den Dekorationen glänzten silberne Blätter im atemberaubenden Deckenfresko eines schneebedeckten Waldes, in dessen Mitte eine Stuckkrone in Form eines Tannenbaumes prangte.

Die Bilder, die ich bisher vom Ballsaal gesehen hatte, wurden ihm nicht ansatzweise gerecht. Schließlich war da ja noch die aufwendige Theaterbühne am vorderen Ende des riesigen Raums.

An der Vorderseite der Mahagoniplattform prangten detailreiche Mosaike von Sternen, Schneeflocken und Nadelbäumen – Spiegelbilder der Darstellungen im Deckenfresko. Zusätzlich leuchteten Buntglassplitter im dunklen Holz wie Diamanten, Saphire und Smaragde. Weiße Marmorsäulen, die mit roten Bändern umwickelt waren, sodass sie ein wenig an riesige Zuckerstangen erinnerten, rahmten die Bühne ein. Sie stützten einen breiten Steinfries, auf dem noch mehr weiße Sterne, blaue Schneeflocken und grüne Bäume prangten. Wie das Dach eines kleinen Tempels schloss er die Fläche nach oben ab.

Auf beiden Seiten der Bühne führten Treppen hinauf. Die schweren, blauen Brokatvorhänge waren zur Seite gezogen, um den Blick auf eine Weihnachtsszene freizugeben, an deren hinterem Rand ein zehn Meter hoher Weihnachtsbaum aufragte. Tausende weißer Lichter glitzerten auf den Ästen, die zudem mit silbernen Sternen, blauen Schneeflocken und roten Glasglocken geschmückt waren.

Um den Fuß des Baums waren übergroße Geschenke mit blauen, roten und grünen Schleifen angehäuft. Vor dem Hintergrund, der wie ein Nachthimmel gestaltet war, ragten riesige Nussknacker auf. Die Figuren hielten verschiedenste Dinge in den Händen, von Zuckerstangen über silberne Glöckchen bis hin zu feierlichen Gestecken. Auf der rechten Seite der Bühne stand ein einzelner, über drei Meter großer Nussknacker mit einem silbernen Schwert. Auch im Ballsaal waren weitere Nussknacker verteilt … als wären sie von der Bühne gesprungen und dann erstarrt.

Später am Abend sollte eine Balletttruppe als Teil der Weihnachtsfeier Szenen aus dem Nussknacker aufführen. Offensichtlich hatten die Dekorateure dieses Motto begeistert umgesetzt.

Ich beäugte eine Nussknacker-Gruppe in der Nähe. Mit ihren glänzenden, schwarzen Hüten, den aufgemalten Schnurrbärten, den hängenden weißen Kinnbärten und den riesigen Zähnen wirkten die Figuren wie grinsende Monster, die jeden beißen würden, der ihnen zu nahe kam …

Direkt vor meinem Gesicht schnippte irgendjemand mit den Fingern und riss mich damit aus meinen bissigen Gedanken. Ein Mann mit einer schwarzen Jacke, die ihn als Chefkoch auswies, musterte mich abfällig. Er war vielleicht zehn Jahre älter als ich, also Mitte vierzig, mit dunkelbraunem Haar und ebensolchen Augen, rötlicher Haut und einem dünnen Schnurrbart, der im Moment genervt zuckte.

»Pass auf«, sagte Jacques Cadieux mit einem leichten französischen Akzent. »Du bist zum Arbeiten hier, nicht um die Deko anzustarren.«

»Ja, Chef«, antwortete ich.

Jacques bedachte mich noch mit einem misstrauischen Blick, dann zog er weiter, um den Rest des Servicepersonals zu kritisieren. Passend zum Nussknacker-Motto trugen wir alle dieselben Uniformen: kurze, marineblaue Jacketts mit glänzenden, silbernen Knöpfen, enge, weiße Hosen und kniehohe, schwarze Stiefel.

Ich schob einen Zeigefinger unter das Kinnband, das den schwarzen Hut auf meinem Kopf hielt, dann hob ich die Hand und kratzte mich unter der Krempe. Ich *hasste* Hüte. Darunter juckte meine Kopfhaut jedes Mal wie verrückt. Doch Verkleidungen gehörten für eine Spionin wie mich einfach dazu. Zumindest waren die Stiefel halbwegs bequem, auch wenn ich lieber meine gewohnten Turnschuhe getragen hätte. Schließlich wusste man nie, wann man vor einem Feind weglaufen musste.

Chefkoch Jacques beendete seine Inspektion, dann deutete er auf eine Seitentür, die in eine der vielen Küchen der Burg führte.

In der Ferne erklang das leise Klirren von Gläsern, unterlegt vom dumpfen Klappern der Pfannen und Töpfe. Das köstliche Aroma von warmer Butter, süßer Vanille und würzigem Zimt erfüllte die Luft und überlagerte sogar den Geruch von Tannennadeln, der von der Bühne heranwehte. Mein Magen knurrte und erinnerte mich so daran, dass ich es nicht geschafft hatte, mir in der Küche etwas zu essen zu besorgen, bevor wir in den Saal geführt worden waren.

»Ihr werdet die Gäste prompt und professionell bedienen«, blaffte Jacques. »Nicht mit ihnen flirten und euch zum Narren machen. Ich werde *nicht* zulassen, dass mein Essen durch eure Trägheit kalt wird und mein Ruf leidet. Habt ihr mich verstanden?«

»Ja, Chef«, antwortete das gesamte Personal wie aus einem Mund.

Die Frau neben mir verdrehte die Augen. Als ich ihr zuzwinkerte, kicherte sie. Jacques wirbelte zu uns herum. Die Frau presste die Lippen aufeinander, um ein weiteres Kichern zu unterdrücken. Der Küchenchef beäugte uns einen Moment, dann stapfte er zu einem Tisch an der Wand und befahl den Bediensteten dort, die Türme aus Champagnerflöten neu zu arrangieren.

Die Frau wandte sich an mich. Sie sah aus wie Mitte zwanzig und war ziemlich hübsch, mit dunkelbraunem, kurz geschnittenem Haar, haselnussbraunen Augen und gebräunter Haut. »Ich bin Maria Basu.«

»Charlotte Heldin«, antwortete ich unter Verwendung meines Decknamens. »Hast du schon öfter in der Burg gearbeitet?«

Maria strahlte. »Oh, ja! Ich lebe im Dorf, daher arbeite ich oft hier auf der Burg. Manchmal spiele ich den Babysitter für die Eisen-Familie … aber meistens werde ich hier im Ballsaal zum Servieren von Drinks eingesetzt. Die Eisens veranstalten wirklich gern große Partys, besonders zu dieser Jahreszeit.« Wieder kicherte sie.

Burg Tannenbaum lag auf der Spitze eines Berges mit demselben Namen in den bayrischen Alpen im Süden Deutschlands. Das Dorf darunter hieß Tannenstand. Das Dorf war so pittoresk wie die Burg protzig. Die gesamte Gegend erinnerte an ein Märchenbilderbuch, besonders mit den allgegenwärtigen Weihnachtsdekorationen und dem Schnee, der letzte Nacht gefallen war. Heute Abend sollte ein Tief heranziehen, das Berg und Dorf in noch mehr Weiß hüllen würde.

Ich hatte die letzten drei Tage im Dorfhotel verbracht, jede Menge Gebäck in mich hineingeschaufelt und mich auf die Mission des heutigen Abends vorbereitet – was beinhaltet hatte, mir einen Catering-Job auf der Burg zu besorgen. Gestern Morgen war ich zum Personalbüro der Burg im Dorf gewandert und hatte der Verantwortlichen dort eine rührselige Geschichte erzählt: dass ich eine Kellnerin auf Arbeitssuche wäre und nach einer fürchterlichen Trennung von meinem deutschen Freund dringend Geld brauchte. Zu Hause in Washington, D.C. hatte ich stundenweise als Kellnerin im Moondust Diner gearbeitet, also enthielt mein alternativer Lebenslauf zumindest ein Körnchen Wahrheit.

Die Verantwortliche hatte selbst gerade erst eine unschöne Scheidung hinter sich, daher hatte sie mich nur zu gern angestellt. Sie hatte sogar versucht, mir Geld vorzuschießen, was ich allerdings höflich abgelehnt hatte. Die Deutschen waren in solchen Situationen wirklich freundlich, großzügig und fürsorglich.

Vor ein paar Stunden war ich dann mit anderen Leuten in einen Van gestiegen, um mich über die schmale, gewundene Bergstraße zur Burg fahren zu lassen. Die wichtigeren Angestellten – wie Chef Jacques – hatten die schnellere Transportmöglichkeit genutzt und waren in einer großzügigen Gondel der Seilbahn befördert worden.

In der Burg waren wir in eine Umkleide geführt worden, wo

ich meine normale Kleidung in einem Spind verstaut hatte, um in die Uniform zu schlüpfen. Maskenbildnerinnen hatten uns rauchige Augen, pinkfarbene Wangen und rote Lippen verliehen, dann hatte man uns einmal durch die Küche und schließlich in den Ballsaal geführt.

Ich war zwar gekleidet wie ein Nussknacker und gab vor, Kellnerin zu sein … In Wirklichkeit aber war ich Charlotte Locke, Analystin für die Section 47, eine geheime Spionageagentur, die Informationen sammelte und einsetzte, um Terrorangriffe und Attacken auf die Infrastruktur zu verhindern – besonders Angriffe, die von Paranormalen mit Magie und magisch verstärkter Waffentechnologie verübt werden sollten.

Paranormale besaßen siebenundvierzig Chromosomen, während normale Sterbliche nur sechsundvierzig hatten oder zwei Paar mit jeweils dreiundzwanzig. Section 47 hatte sich nach dem siebenundvierzigsten Chromosom benannt – diesem zusätzlichen Stück DNA, das den Paranormalen vermutlich ihre zusätzliche Stärke und Geschwindigkeit verlieh – oder unzählige andere erstaunliche, zerstörerische und tödliche Fähigkeiten.

Meine besondere Fähigkeit? Ich besaß eine magische Form von Synästhesie, die es mir erlaubte, Tippfehler, Zahlendreher und andere Fehler aufzuspüren … was sehr hilfreich war, wenn man Bankdaten, Bestellhistorien und andere digitale Daten durchging, die Kriminelle, Terroristen und sonstige anrüchige Gestalten produzierten. Meistens konnte ich mit nur einem Blick auf ein Dokument erkennen, ob jemand nur aus Versehen einen Fehler gemacht hatte – wie beim Abtippen einer Telefonnummer eine Zahl an die falsche Stelle geschrieben – oder ob diese Person ihre Steuererklärung absichtlich frisiert hatte oder sogar Unternehmensbetrug im großen Stil betrieb.

»Achtung!«, rief Jacques. »Die Gäste werden jeden Moment eingelassen! Auf eure Plätze!«

Mit wedelnden Handbewegungen zeigte er zu dem Getränketisch. Sofort eilten alle dorthin, packten sich je ein Silbertablett voller Champagnerflöten und reihten sich an der Wand auf. Maria und ich waren die Letzten in der Reihe. Wieder warf Jacques mir einen bösen Blick zu. Sein dünner Schnurrbart zuckte noch missbilligender als bisher.

Gefahr-Gefahr-Gefahr.

Meine Synästhesie ließ mich nicht nur Rechtschreibfehler und Manipulationen erkennen, sie verlieh mir auch einen verstärkten Gefahrensinn –, sodass mich in Gegenwart von Meuchelmördern, anderen Spionen oder sonstigen gefährlichen Personen oft eine kleine Stimme in meinem Hinterkopf warnte.

Wie diesmal angesichts eines wütenden Küchenchefs.

Ich nahm Haltung an, doch die abrupte Bewegung brachte die Gläser auf meinem Tablett zum Schwanken. Ich schaffte es, ein Unglück zu verhindern, aber aus einigen Gläsern schwappte Champagner auf das Tablett.

Jacques warf mir den nächsten bösen Blick zu. »*Imbécile*«, murmelte er, und durch seinen französischen Akzent klang die Beleidigung noch fieser.

Meine Antwort bestand aus einem freundlichen Lächeln. Jacques Cadieux' gemeine Blicke und unhöfliche Kommentare waren zuckersüß, im Vergleich zu denen von Zeeta Kowalski, der über siebzigjährigen Besitzerin des *Moondust Diners*, die mit nur wenigen Worten selbst die erfahrenste Kellnerin zum Heulen bringen konnte.

Jacques musterte mich noch einen Moment finster, dann schritt er den Rest der Reihe ab, um anderen Kellnerinnen zu befehlen, ihre Tabletts höher und sich selbst aufrecht zu halten.

Ich widerstand der Versuchung, mein Gewicht zu verlagern. Die kniehohen Stiefel waren doch nicht so bequem, wie ich zuerst gedacht hatte, denn sie drückten bereits an den Zehen. Mist!

Doch wenn alles nach Plan lief, würde ich diese geliehenen Schuhe nur ein paar Stunden tragen und auf keinen Fall in ihnen rennen müssen. Andererseits … im Leben einer Spionin lief selten etwas wie geplant.

Es erklang eine fröhliche, trillernde Musik. Die zwei Flügel der großen Doppeltür, die den Haupteingang des Ballsaals bildete, schwangen auf, und eine Frau betrat den Raum. Sie war vierzig, fünf Jahre älter als ich, mit dunkelblauen Augen, rosiger Haut und blondem Haar, das zu einer eleganten Aufsteckfrisur gestylt war. Ein langes, rotes Etuikleid mit dünnen Riemchenträgern betonte ihre muskulösen Arme und die attraktiven Kurven ihres Körpers. Um ihren Hals lag ein goldenes Kropfband, das mit Smaragden und Rubinen besetzt war, und an ihren Ohren baumelten passende Ohrringe wie Weihnachtsdekorationen.

Elsa Eisen sah sich im Ballsaal um und stellte sicher, dass alles in Ordnung war, dann winkte sie. Ein zehnjähriges Mädchen trat vor. Auch sie hatte dunkelblaue Augen, eine rosige Haut und blondes Haar. Allerdings trug die Kleine ein pinkfarbenes Spitzenkleid, in dem sie aussah wie eine Märchenprinzessin. Lina, Elsas Nichte.

»Also?« Elsas Stimme hallte durch den Ballsaal. Mit ihrem leichten Südstaatenakzent klang sie fast wie ich. »Was denkst du?«

Lina klatschte begeistert in die Hände. »Es ist perfekt! Vielen, vielen Dank! Das wird so ein tolles Weihnachtsfest!«

Lüge, flüsterte meine innere Stimme. Meine Synästhesie warnte mich nicht nur vor Gefahren, sondern verriet mir auch, wann Leute die Wahrheit sagten – oder eben nicht. Trotz ihres strahlenden Lächelns und ihrer fröhlichen Worte glaubte Lina selbst nicht, was sie da gerade gesagt hatte. Ihre Lüge überraschte mich allerdings nicht.

Nicht einmal Weihnachten konnte wunderbar sein, wenn man erst vor Kurzem seine Eltern verloren hatte.

Lina umarmte ihre Tante. Elsa drückte ihre Nichte ebenfalls, gleichzeitig verzog sie das Gesicht aber zu einer Grimasse, als könnte sie die Lüge ihrer Nichte genauso spüren wie ich.

Elsa Eisen war die Tochter eines deutschen Vaters und einer amerikanischen Mutter. Ihre Eltern waren bei einem Skiunfall umgekommen, als sie gerade mal Anfang zwanzig gewesen war, also hatte sie die Familiengeschäfte übernommen und ihren Bruder Peter großgezogen. Vor sechs Monaten hatte sich erneut eine Tragödie in der Eisen-Familie ereignet, als Peter und seine Ehefrau Claire bei einem Autounfall ums Leben gekommen waren.

Elsa war zu Linas Vormund ernannt worden. Vor drei Monaten hatte sie ihre Nichte von ihrem Anwesen in Savannah, Georgia, nach Burg Tannenbaum umquartiert, deren altes Gemäuer schon seit Generationen im Besitz ihrer Familie väterlicherseits war. Schließlich sah man die Feinde viel besser, wenn diese entweder die Seilbahn nehmen oder über eine gewundene, schmale Bergstraße fahren mussten.

Und Elsa hatte wirklich eine Menge Feinde.

Die meisten Leute sahen in ihr eine bekannte Antiquitätenhändlerin, die seltene Kunstwerke, teure Schmuckstücke und andere schicke Statussymbole für reiche Kunden kaufte, verkaufte und aufspürte, genau wie ihr Vater es vor ihr schon getan hatte. Wie ich war Elsa eine Paranormale mit einer magischen Form von Synästhesie. Sie konnte mit einem Blick das Alter eines Gegenstandes erkennen. Eine sehr nützliche Fähigkeit, wenn es darum ging, die Echtheit von Gemälden, Statuen und anderen Kunstgegenständen zu bewerten.

Insgeheim bot die Eisen-Familie aber vor allem der paranormalen Unterwelt Maklertätigkeiten und Aufbewahrungsmöglichkeiten an, indem sie mit gestohlenen Kunstwerken handelte und sie in der eindrucksvoll sicheren, biometrisch verriegelten Schatzkammer in den Eingeweiden der Burg verwahrte.

Daher rührte auch mein Interesse an Elsa. Mein Hauptaugenmerk galt allerdings einer ihrer Klientinnen: Henrika Hyde.

Für die normale Welt der Sterblichen war Henrika die kluge, glamouröse Gründerin und CEO von *Hyde Engineering*, einer angesehenen Pharmafirma, die an bahnbrechenden, medizinischen Forschungsprojekten beteiligt war und eine Produktpalette von Vitaminpräparaten über Allergiemedikamente bis zu Hautpflegeserien anbot. Tatsächlich war Henrika aber eine paranormale Waffenhändlerin, die ihre Firma und ihr persönliches Genie einsetzte, um biomagische Waffen zu produzieren.

Auf Genforschung basierende Gifte, die nur bei bestimmten Familien und Blutlinien wirkten. Ätzende Gase, die menschliche Haut und Knochen zum Schmelzen brachten, Möbel und andere Gegenstände aber unversehrt ließen. Puder, Pillen und andere Drogen, die normalen Menschen ein unglaubliches, wenn auch kurzlebiges High verschafften – und ihnen auch paranormale Fähigkeiten verliehen –, während ihre inneren Organe sich verflüssigten. Henrika hatte all diese schrecklichen Dinge geschaffen – und noch viele mehr. Doch ihre neueste Waffe war die gefährlichste: *Redburn,* ein Sprengstoff, der angeblich sogar den zähesten, stärksten Paranormalen töten konnte.

Ich hatte Monate damit zugebracht, Informationen über Henrika zu sammeln, und hatte zu einem Team der Section gehört, das ins Halstead Hotel in Washington, D.C. ausgesandt worden war, um sie festzusetzen. Dem Plan nach hätten wir Henrika betäuben, aus dem Hotel entführen und zu einem Geheimgefängnis der Section bringen sollen, wo sie zu ihrem Redburn-Sprengstoff befragt worden wäre. Die Mission hatte außerdem zum Ziel gehabt, alles herauszufinden, was Henrika über Adrian Anatoly wusste, einen Terroristen, der verantwortlich war für den Tod von unzähligen Unschuldigen und diversen Agenten der Section 47.

Doch Henrika und Anatoly hatten durch ihre Maulwürfe in

der Section von dem Plan erfahren. Ich hatte mich in einem Minenfeld wiedergefunden, das Anatoly und seine Männer auf einer der Rasenflächen des Hotels geschaffen hatten. Letztendlich hatte ich die Sprengsätze mit meiner Synästhesie aufgespürt und war aus dem Minenfeld entkommen, aber die folgende Explosion hatte den Garten trotzdem zerstört. Anatoly war beim Kampf im Hotel getötet worden, nur Henrika war entwischt, und seitdem verfolgte ich sie.

London, Paris, Madrid, Wien: Henrika hatte mir eine fröhliche Jagd bereitet, indem sie von einer europäischen Hauptstadt zur nächsten gejettet war.

Nachdem die Aufgabe der Section 47 darin bestand, still und heimlich Bedrohungen auszuschalten – und gleichzeitig sicherzustellen, dass die normalen Sterblichen möglichst wenig von der Existenz Paranormaler mitbekamen –, gab es keinen offiziellen Haftbefehl gegen Henrika. Soweit die Öffentlichkeit informiert war – und so, wie ihre Social-Media-Accounts es darstellten –, hatte Henrika einfach einen Mordsspaß auf einem europäischen Städtetrip. Sie hatte ihre Security verstärkt und blieb an keinem Ort für mehr als ein paar Nächte … Allerdings war sie klug und reich genug, um ihr Leben dank ihrer Kontakte und Ressourcen überwiegend so weiterzuführen, als hätte sich nichts geändert.

Doch es *würde* sich etwas ändern. Henrika Hyde würde in einem Geheimgefängnis der Section landen, oder sie würde die Radieschen von unten betrachten. Mir war relativ egal, was davon eintrat, solange ich herausfand, ob sie noch weitere Maulwürfe in unserer Spionageagentur hatte.

Das allein hätte als Grund für ihre Verfolgung schon gereicht … aber Henrika hatte mir auch einen sehr persönlichen Anlass geliefert, sie ins Visier zu nehmen. Sie hatte behauptet, sie wisse genau, was mit meinem Vater geschehen war: Jack Locke, einem Cleaner der Section, der vor ungefähr fünfzehn Jahren bei einer Mission ums Leben gekommen war. Ich hatte geglaubt, den Tod meines Vaters schon lange hinter mir gelassen zu haben, aber Henrikas Hohn hatte alte Wunden aufgerissen. Und jetzt wollte ich Antworten.

Um diese Antworten zu bekommen, musste ich das Miststück allerdings erst mal erwischen.

In den letzten paar Monaten hatte ich jeden Aspekt von Henrikas Leben studiert, unter anderem auch Social-Media-Posts über Weihnachtsfeiern, die sie mochte. Außerdem hatte ich es geschafft, die Liste der Leute einzusehen, denen sie Karten oder Geschenke schickte. Henrika schickte der Eisen-Familie jedes Jahr ein üppiges Präsent, und sie hatte schon oft an der jährlichen Weihnachtsfeier in Burg Tannenbaum teilgenommen. Daher meine Hoffnung, dass sie heute Abend auftauchen könnte.

Doch selbst wenn Henrika durch Abwesenheit glänzte, konnte ich sie dank Elsa Eisen vielleicht trotzdem aufspüren.

Mein Plan war ganz einfach. Ich würde mich bei einer passenden Gelegenheit aus dem Ballsaal schleichen, den durch die Burg patrouillierenden Security-Angestellten ausweichen und schließlich in Elsas Büro vordringen. Sobald ich da war, würde ich ihren Laptop hacken und ihre Dateien kopieren – genauso wie alle Papierakten –, um dann das Büro zu verlassen und mich unbemerkt wieder der Party anzuschließen.

Mich juckte es bereits in den Fingern, Elsas Akten durchzugehen und herauszufinden, welche Details über Henrika Hyde die Aufzeichnungen enthielten. Wenn ich Glück hatte, würde ich vielleicht sogar Informationen über das Syndikat finden – eine geheimnisvolle Gruppierung paranormaler Krimineller und Terroristen, die ab und zu zusammenarbeiteten, um Geheimnisse auszutauschen, Waffen zu verkaufen und ihren eigenen Reichtum, ihre Macht und ihren Einfluss zu mehren. Die meisten Leute im Spionagebetrieb hielten das Syndikat nur für eine Art urbane Legende, aber mein Vater war fest von der Existenz der Gruppe überzeugt gewesen, und inzwischen glaubte ich auch daran.

Ein Finger bohrte sich in meine linke Schulter. »Wieso stehst du nur herum?« Jacques wedelte auffordernd mit den Händen. »Die Gäste kommen! Los, los, los!«

Er hatte recht. Elsa und Lina hatten inzwischen neben der offenen Tür Aufstellung genommen, um ihre Gäste zu begrüßen.

»Fang an, Champagner zu verteilen«, befahl Jacques. *»Imbécile!«*

Ich packte das Tablett fester, weil ich mich danach sehnte, es ihm ins Gesicht zu schleudern, und zwar mit allen Champagnerflöten. Aber so wäre ich nur aus der Burg geworfen worden, also verdrängte ich meinen Ärger und atmete stattdessen einmal tief ein und langsam wieder aus, wie ich es auch bei einer meiner Yoga-Übungen getan hätte. Dann kleisterte ich mir ein Lächeln ins Gesicht und hielt auf die glitzernde Menschenmenge zu.

Es wurde Zeit für diese Nussknacker-Spionin, sich an die Arbeit zu machen.

Bald schon hatte ich alle Gläser von meinem Tablett verteilt, also kehrte ich an den Getränketisch zurück und holte Nachschub. Als ich mich dann zum zweiten Mal durch die Menge schob, hielt ich hier und dort an und wandte jeder Person, die mir über den Weg lief, die Brust zu.

Vorhin in der Umkleide hatte ich mir einen zusätzlichen, silbernen Knopf vorne an mein blaues Jackett gesteckt – einen Knopf, in dem sich eine versteckte Kamera und ein Mikrofon befanden. Elsa Eisen pflegte Umgang mit den verschiedensten Leuten. Auf der Gästeliste standen einige Unterweltgrößen, sterbliche genauso wie paranormale. Bis mein zweites Tablett geleert war, hatte ich einen Fälscher, einen Biochemiker, einen Codeknacker und einen Nuklearwissenschaftler entdeckt. Selbst wenn Henrika nicht zur Party kam, sollte die heutige Mission – bei den ganzen gefährlichen Leuten, die sich hier tummelten – trotzdem einige verwertbare Informationen liefern.

Ich zog los, um noch mehr Champagner zu holen. Jacques stand am Ende eines Desserttisches in der Nähe und wedelte mit einem langen Messer vor Maria herum.

Meine Synästhesie schaltete sich ein, wie sie es so oft tat. Sofort leuchtete die Klinge in meinen Augen in einem hellen Rot. Ich verspannte mich und packte mein Tablett fester. Ich war bei Weitem nicht so tödlich wie ein Cleaner – der höfliche Name für Auftragsmörder bei der Section. Falls nötig, konnte ich mich selbst und andere aber durchaus verteidigen.

»Rechtecke!«, zischte Jacques und rollte das R dabei beeindruckend lange. »Der Strudel soll in Rechtecke geschnitten werden, nicht in Quadrate!«

»Ja, Chef!«, flötete Maria fröhlich.

Jacques schnaubte herablassend, bevor er ihr das Messer in die Hand drückte. Dann wirbelte er herum, eilte zu einem anderen Tisch und fing an, einen anderen Koch zu beschimpfen, weil der junge Mann angeblich zu viel Balsamico-Creme auf den kleinen Bruschetta-Caprese-Scheiben verteilte.

Ich ging zu Maria. »Geht es dir gut?«

Sie kicherte. »Natürlich. Weißt du, mit wie vielen fordernden Küchenchefs ich mich auf diesen Partys über die Jahre schon herumgeschlagen habe? Jacques ist gar nicht so schlimm. Zumindest wirft er nicht mit Messern auf Leute … noch nicht.«

Sie schnitt den Pflaumenstrudel in die verlangte Form, dann schob sie sich eines der Rechtecke in den Mund. »Ich verstehe allerdings nicht ganz, wie er es geschafft hat, den Auftrag für die Weihnachtsfeier zu erhalten. Das ist ein großes Event, und sein

Essen ist wirklich nichts Besonderes. Auch wenn seine Desserts gut sein könnten, wäre der Teig nicht so schrecklich trocken. Meine Mutter fertigt in der Bäckerei im Dorf *viel besseren* Strudel an.«

Maria verzog das Gesicht und reichte mir ebenfalls ein kleines Stück Strudel, das ich mir sofort in den Mund schob. Sie hatte recht. Die Fruchtfüllung und der Zuckerguss waren köstlich, aber der Teig selbst war staubtrocken, was den Geschmack ziemlich ruinierte. Ich persönlich hielt mich lieber weiter an die köstlichen Kuchen, die mein Freund Pablo Suarez für das *Moondust Diner* buk.

»Aber kostenloses Essen ist kostenloses Essen, nicht wahr?« Maria zwinkerte mir zu, dann schnitt sie weiter Strudel.

Ich lachte, schnappte mir ein neues Tablett mit Getränken und stürzte mich wieder in die Menge.

Inzwischen waren alle Gäste angekommen. Stimmengemurmel und leise, klassische Musik aus der Soundanlage auf der Bühne füllten die Luft. Eine Auswahl von Melodien aus dem *Nussknacker*. Natürlich.

Auf meinem Tablett stand nur noch ein Glas, als jemand neben mich trat.

»Entschuldigung. Dürfte ich Sie um ein Glas Champagner bitten?«

Die tiefe, heisere und vertraute Stimme jagte mir einen angenehmen Schauder über den Rücken, und der leichte australische Akzent entriss mir ein anerkennendes Seufzen. Ich betete Männer mit Akzent an – besonders *diesen* Mann mit *diesem* wunderbaren Akzent.

Der Mann war ungefähr einen Meter achtzig groß, hatte eine gebräunte Haut, markante Wangenknochen und eine gerade Nase. Sein dunkelblondes Haar wirkte unordentlich, als hätte er die Finger in den Locken vergraben gehabt und sich im Anschluss nicht um seine Frisur gekümmert. Der leicht zerzauste Look stand ihm wunderbar, und der zarte, goldene Bartschatten auf seinem kantigen Kinn machte ihn nur noch attraktiver.

Er trug einen Smoking, allerdings nicht in traditionellem Schwarz, sondern in demselben Marineblau wie mein Jackett. Die Farbe betonte seine hellen, strahlend blauen Augen. Seine Jacke stand offen, und in der Westentasche glänzte eine altmodische Taschenuhr. Sie mochte wie ein harmloser Zeitmesser aussehen, doch die damit verbundene Kette hatte eine versteckte, messerscharfe Kante, genau wie ihr Besitzer.

Der Mann hatte breite Schultern, aber einen schlanken Körperbau. Er betrieb offensichtlich kein Bodybuilding wie so viele andere Männer hier im Raum … besonders die Security-Wachen, die an den Wänden des Ballsaals aufgereiht standen. Diese Wachen mochten alle Waffen im Gürtel tragen, doch der Mann neben mir strahlte die ruhige, selbstbewusste Stärke eines Raubtiers aus, das genau wusste, dass es jede Person in der Burg töten konnte.

Desmond Percy – Cleaner der Section 47 und mein Spionagekollege.

»Wurde auch Zeit, dass du auftauchst«, grummelte ich.

Desmond grinste, sodass sich Fältchen in seinen Augenwinkeln bildeten und seine weißen Zähne aufblitzten. »Ooh, hast du mich vermisst, Ziffer?«

Ich verdrehte die Augen. Desmond hatte mich wegen meiner Arbeit als Analystin Ziffer getauft … allerdings machte mir der Spitzname nichts aus. Und ich hatte auch meinen eigenen Spitznamen für ihn.

»Dich vermissen, Crocodile Dundee? Natürlich nicht«, antwortete ich spitz. »Ich hatte gar keine Zeit, dich zu vermissen. Ich war zu sehr mit arbeiten beschäftigt, weil *ich* ja nicht herumscharwenzele und Champagner trinke.«

Desmond hob eine blonde Augenbraue. »Ich habe noch keinen Tropfen getrunken, und ich *scharwenzele* absolut niemals. Allerdings habe ich bemerkt, dass *du* vorhin ein Stück Strudel gemopst hast.« Wieder grinste er. »Ich habe es bereits unzählige Male gesagt, und ich werde es wieder sagen: All dieser Zucker bringt dich eines Tages noch um.«

Ich schnaubte. »Manche von uns können nicht allein von Grünkohl-Smoothies leben.«

Diesmal war es an Desmond, die Augen zu verdrehen. »In diesem Smoothie war viel mehr Apfel als Grünkohl. Was du auch bemerkt hättest, wenn du mehr getan hättest, als daran zu nippen, bevor du dich heute Morgen wieder auf das süße Gebäck gestürzt hast.«

Desmond und ich hatten sehr unterschiedliche Einstellungen zum Essen. Wie so viele Cleaner betrachtete Desmond seinen Körper als einen perfekt gepflegten Tempel der Tödlichkeit und behandelte ihn dementsprechend … indem er ihm regelmäßig und freiwillig Gemüse-Smoothies und ähnliches gesundes Zeug zuführte. Ich dagegen? Ich fand das Leben viel zu kurz und unsere Arbeit in der Section 47 viel zu gefährlich, um meine Geschmacksnerven dem Terror von Kohl und anderem grünem Gesundheitsessen auszusetzen.

Desmonds letzte Smoothie-Kreation hatte gar nicht schlecht geschmeckt, ein wenig wie flüssiger Apfelplunder. Doch ich zog ihn einfach zu gerne auf, um die Wahrheit einzugestehen. Oder ich wollte mir damit zumindest noch ein wenig Zeit lassen.

Vielleicht würde ich das später zugeben, wenn wir die Mission abgeschlossen hatten und uns wieder allein in unserer Hotelsuite aufhielten.

Mein Blick glitt über seinen Körper, und sofort sammelten sich Schmetterlinge in meinem Bauch. Desmond und ich waren vor einigen Wochen zusammengekommen, nachdem er Adrian Anatoly getötet und ich nicht nur einen, sondern gleich zwei Maulwürfe in der Section enttarnt hatte. Obwohl ich ihn noch nicht lange kannte, lag mir Desmond mehr am Herzen, als ich je für möglich gehalten hätte – vor allem, da er ein Percy war und ich eine Locke. Bei dem vielen bösen Blut, das zwischen unseren Vätern geherrscht hatte, war die Beziehung zwischen Desmond und mir quasi ein Weihnachtswunder. Aber er war klug und witzig und seinen Freunden gegenüber absolut loyal. Und der Sex war *unglaublich*.

»Woran denkst du gerade?«, murmelte er. »Deine Aura strahlt.«

Desmond war ein Galvanist – ein Paranormaler, der verschiedene Formen von Energie kontrollieren, kanalisieren und manipulieren konnte, von dem elektrischen Strom, der die Kronleuchter zum Strahlen brachte, über die kinetische Energie einer durch die Luft sausenden Kugel bis zur vernichtenden Macht einer Explosion. Sein Galvanismus war eine seltene Begabung und machte Desmond noch gefährlicher.

Außerdem konnte er die Energie sehen, die jede Person unablässig ausstrahlte. Laut Desmond besaß jede Person eine Aura – eine Farbe oder ein Gefühl, das Hinweise zu ihrer Persönlichkeit, ihren Empfindungen und Absichten gab. Angeblich leuchtete meine Aura in dunklem Blau, so kühl und frisch wie ein Herbstmorgen. Ich liebte diese Beschreibung, auch wenn ich mir nicht sicher war, was eine kühle, blaue Aura über meine Persönlichkeit aussagen sollte – oder konnte.

»Charlotte?«, fragte Desmond. »Woran denkst du gerade?«

Ich schnippte mit dem Zeigefinger gegen die marineblaue Fliege an seinem Hals. »Ich frage mich nur gerade, wieso ich mich als Nussknacker verkleiden muss, während du wie üblich im James-Bond-Smoking auftreten darfst.«

»Weil du diejenige bist, die beschlossen hat, sich heimlich

dem Servicepersonal anzuschließen. Ich hätte dich mühelos als meine Begleitung auf die Gästeliste setzen lassen können.«

Desmond war heute Abend als Desmond MacFarlane hier, ein paranormaler Waffenhändler, der nicht nur für den eigenen Bedarf kaufte, sondern auch Waffen an den Meistbietenden weiterverticke.

»Außerdem sollst du, glaube ich, einen Zinnsoldaten darstellen«, fuhr er fort. »Gibt es im *Nussknacker* nicht nur einen Nussknacker?«

»Keine Ahnung. Ich habe das Ballett nur als Kind einmal gesehen. Meine Mutter hat kurz vor ihrem Tod eine Vorstellung mit mir besucht.« Eine Welle von Wehmut überkam mich, und ich konnte nichts gegen die Sehnsucht tun, die sich in meine Stimme schlich. »Meine Großmutter und ich wollten letztes Jahr noch mal in den *Nussknacker*, aber sie war bereits zu schwach für einen Theaterbesuch.«

Meine Mutter, Josephine, war bei einem Autounfall ums Leben gekommen, als ich gerade neun Jahre alt gewesen war. Mein Vater, Jack, war ständig auf irgendwelchen Missionen der Section unterwegs gewesen, also hatte meine Großmutter Jane mich aufgezogen. Grandma Jane war eine Sterbliche gewesen, der es gelungen war, sich in die Section 47 zu schmuggeln, indem sie vorgegeben hatte, Hellseherin zu sein. Sie war dieses Jahr einer Krebserkrankung erlegen. Diese grausame Krankheit traf alle, Sterbliche wie Paranormale. Verdammter Krebs!

Desmond ließ die Finger über den Ärmel meiner Jacke gleiten, wie es seine Gewohnheit war: sodass er nur den Stoff, nicht aber meine Haut berührte. »Es tut mir leid.«

»Mir auch. Es wäre schön gewesen, wenn ich mir das Ballett mit Grandma Jane angesehen hätte.« Ich warf einen Blick zur Bühne. »Vielleicht kann ich ja einen Teil der Vorstellung heute Abend sehen – nachdem ich in Elsas Büro eingestiegen bin.«

»Vielleicht«, stimmte Desmond mir zu. Seine Finger glitten immer noch sanft über meinen Ärmel. »Ich bin allerdings froh, dass du dich heute Abend dem Servicepersonal angeschlossen hast. Marineblau steht dir, Ziffer. Außerdem gefällt es mir, dich in Uniform zu sehen.«

Hitze stieg in seine Augen und ließ sie noch heller leuchten. Er lehnte sich leicht vor, dann senkte er Hand und Stimme. »Und ich freue mich schon darauf, sie dir auszuziehen.«

Die Schmetterlinge in meinem Bauch flatterten noch heftiger. Desmond berührte mich in der Öffentlichkeit nicht oft, wenn wir aber allein waren, nun … wir hatten in den letzten Wochen einiges über den Körper des anderen erfahren.

Ich schnippte erneut gegen seine Fliege. »Gut. Weil ich in Bezug auf dich und Smokings ähnlich denke, Dundee.«

Er grinste. »Sollen wir uns für später verabreden?«

»Aber auf jeden Fall. Sobald die Mission vorbei ist.«

Ich streckte ihm mein Tablett entgegen. Desmond nahm die verbliebene Champagnerflöte, dann drehte er sich hin und her, um allen Personen in der Nähe seine Brust zuzuwenden, so wie ich es vorhin auch getan hatte. Der falsche Diamant in der Mitte seiner Fliege verbarg ebenfalls eine Kamera, genau wie der zusätzliche Silberknopf an meiner Uniformjacke.

»Bisher nichts zu sehen von Henrika«, murmelte Desmond. »Auch wenn ich hier jede Menge anderer Unterweltgestalten entdecke.«

Ich verzog das Gesicht. »Mir musst du das nicht sagen. Der ganze Raum leuchtet rot.«

Er schenkte mir einen mitfühlenden Blick. Meine Synästhesie mochte mich Rechtschreibfehler und Zahlenmanipulationen erkennen lassen, aber manchmal lief sie Amok und überwältigte mich mit Farben, Geräuschen und anderen Wahrnehmungen. Je mehr Leute den Ballsaal betraten – besonders, wenn es sich um bekannte, paranormale Kriminelle handelte –, desto lauter und intensiver wurde diese kleine Stimme in meinem Hinterkopf. Inzwischen hörte ich quasi ununterbrochen *Gefahr-Gefahr-Gefahr*.

»Selbst wenn Henrika nicht auftaucht, sollte diese Mission uns einiges an verwertbaren Informationen liefern«, meinte Desmond und gab damit meine eigenen Gedanken von vorhin wieder. »Gia und Evelyn werden sich brennend dafür interessieren, wer heute hier gewesen ist und Geschäfte mit Elsa Eisen zu tätigen scheint.«

Gia Chan war die Chefin der Cleaner in Washington, D. C. und damit die direkte Vorgesetzte von Desmond und mir. Evelyn Hawkes tarnte sich als Sekretärin, in Wirklichkeit war sie aber Maestro, die Leiterin der Niederlassung in D. C. und damit eine der wichtigsten und mächtigsten Personen der gesamten Section 47 – genauso einflussreich wie General Jethro Percy, Desmonds Vater.

»Elsa scheint sich allerdings über einige ihrer Gäste nicht richtig zu freuen«, antwortete ich.

Elsa schenkte jeder Person, die vor sie und Lina trat, ein strahlendes Lächeln, hin und wieder aber verlagerte sie ihr Gewicht, damit ihre Nichte mit einigen der gefährlichen, berüchtigten Gäste nicht interagieren musste. Seltsam … und wirklich nicht das, was ich erwartet hatte. Nach allem, was man so hörte, florierten die Geschäfte der Eisen-Familie unter Elsas Führung. Doch da sie sich so wenig über ihre kriminellen Klienten freute, stellte sich mir die Frage, ob sie vielleicht nur familiären Verpflichtungen folgte – so wie es bei vielen Agenten der Section 47 auch der Fall war, unter anderem bei Desmond und mir.

Wir waren beide Vermächtnisse – ein Section-Ausdruck für diejenigen, aus deren Familien schon andere für die Spionageorganisation gearbeitet hatten. Ein Vermächtnis zu sein, konnte einem in der Section 47 wirklich helfen – so wie bei Desmond, dessen Vater, General Percy, im Direktorium saß. Oder es konnte einem, wie in meinem Fall, das Leben schwer machen – schließlich war Jack Locke bei einer schiefgelaufenen Mission getötet worden, zusammen mit mehreren Cleaner-Kollegen.

»Du glaubst, Elsa genießt es gar nicht, Teil der paranormalen Unterwelt zu sein?«, fragte Desmond.

Ich zuckte nur mit den Achseln. »Ohne sie direkt zu fragen, werden wir das nicht erfahren. Und das gehört nicht zu den Zielen unserer Mission.«

Ein Wachmann ging zu Elsa und flüsterte ihr etwas zu. Sie nickte. Der Mann zog sich zurück, Elsa trat vor und klatschte in die Hände, um die allgemeine Aufmerksamkeit auf sich zu ziehen.

»Willkommen!«, rief sie. »Vielen Dank, dass Sie alle zur jährlichen Weihnachtsfeier der Eisen-Familie erschienen sind. Ich fühle mich geehrt, Sie im Zuhause meiner Familie begrüßen zu dürfen.«

Lüge, flüsterte meine innere Stimme.

Höflicher Applaus erklang, und mehrere Leute prosteten Elsa mit ihren Gläsern zu.

»Wie Sie alle wissen, ist die heutige Party auch eine Benefizveranstaltung zugunsten eines örtlichen Tanzinstituts«, sagte Elsa. »Also möchte ich Ihnen nun ohne große Umstände das präsentieren, worauf Sie alle gewartet haben: den Nussknacker-Rubin!«

Elsa trat mit einer ausladenden Geste zur Seite. Zwei Wachmänner schoben eine große Glasvitrine in den Ballsaal und positionierten sie an der Wand zwischen zwei Nussknacker-Figuren. Elsa bedeutete Lina vorzutreten. Die beiden stellten sich rechts und links neben der Vitrine auf, während die Gäste applaudierten und ein paar Fotografen Bilder schossen. Lina zog den Kopf ein und lächelte scheu. Elsa lächelte ebenfalls, aber ihre Miene wirkte ungefähr so natürlich wie das eingefrorene Grinsen der allgegenwärtigen Holzfiguren.

Ich hatte mich nicht nur über Elsa Eisen schlaugemacht, sondern auch alles über den Nussknacker-Rubin in Erfahrung gebracht. Niemand wusste, woher das Juwel ursprünglich stammte. Bekannt war nur, dass eine wohlhabende Geschäftsfrau aus New York den Dreißigkaräter in einem Ring aus Platin hatte fassen lassen, ergänzt von schwarzen und weißen Diamanten. Die Frau hatte den Ring nach einer Weihnachtsvorstellung im Jahr 1960 ihrer Tochter, einer Ballerina, geschenkt – daher der Name.

Der Ring hatte mehrfach den Besitzer gewechselt, bis Elsas Vater ihn vor fünfundzwanzig Jahren bei einer Auktion erworben hatte. Heute wurde der Ring zum ersten Mal seit dem Tod von Elsas Eltern öffentlich präsentiert. Alle Gäste – Desmond eingeschlossen – hatten jeweils zehntausend Euro bezahlt, nur für die Ehre, ihn anstarren zu dürfen. Die Einnahmen kamen dem wohltätigen Zweck zugute, von dem Elsa gesprochen hatte.

Der Nussknacker-Rubin war ein weiterer Grund, warum ich vermutete, dass Henrika Hyde heute auftauchen könnte. Henrika liebte die schönen Dinge des Lebens generell und hatte eine besondere Schwäche für Schmuck – und der Nussknacker-Rubin gehörte zu den kostbarsten Edelsteinen der Welt.

»Steht der Rubin auf Henrikas Wunschliste?«, fragte Desmond.

Ich zuckte erneut mit den Schultern. »Ich bin mir sicher, sie hätte den Rubin gerne … so wie beinahe jeder. Schließlich ist der Stein mehr als dreißig Millionen Dollar wert. Henrika hat bisher aber kein besonderes Interesse an dem Ring gezeigt, anders als bei dem Grünglas-Collier. Und es besteht auch keine familiäre Verbindung zwischen ihr und den Eisens, wie es bei Hiram und Petra Halstead der Fall war.«

Hiram Halstead war Henrikas Vater … der ums Leben gekommen war, als Henrika letztes Jahr eines seiner Hotels in die Luft gesprengt hatte. Petra war ihre Halbschwester und versteckte sich im Moment vor ihrer mörderischen Verwandten. Vor Jahren hatte Hiram das Grünglas-Collier Henrikas Mutter, seiner langjährigen Geliebten, versprochen. Doch Petra hatte, genau wie ich, dafür gesorgt, dass Henrika das Schmuckstück nicht in die Finger bekam.

Zu dem Plan, mit dem ich die Maulwürfe in der Section hatte auffliegen lassen, hatte es auch gehört, dass das Grünglas-Collier aus dem Halstead-Hotel gestohlen und gegen eine Fälschung ausgetauscht wurde. Irgendwann hatte ich die echte Kette an Gia Chan und Evelyn Hawkes übergeben. Sie lag jetzt in einem Beweismittelfach im Hauptquartier der Section 47 in Washington, D. C.

Der Applaus verebbte, die Fotografen senkten ihre Apparate und zogen sich zurück.

Wieder vollführte Elsa eine große Geste. »Neben dem Rubin gibt es heute Abend für uns auch einige Szenen aus dem *Nussknacker* zu sehen, aufgeführt von der Turteltauben-Truppe aus Paris, unter Leitung der berühmten Primaballerina Katarina Tanetsa!«

Wieder erklang klimpernde Musik. Mehrere Leute in Tutus und engen Anzügen glitten elegant in den Ballsaal. Sie tanzten ein paar Minuten hin und her, bevor sie sich in zwei Reihen aufstellten. Durch dieses Spalier schlenderte eine Frau heran, die schließlich aufrecht und stolz neben der Vitrine stehen blieb.

Katarina Tanetsa war eine begabte Tänzerin. Vor ein paar Jahren hatte sie eine Knöchelverletzung ihre Karriere und ihren Ruhm als Primaballerina gekostet. Sie war ungefähr so groß wie ich, eins fünfundsechzig, mit einem durchtrainierten, schlanken Körper. Ihr hellbraunes Haar war zu einem traditionellen Dutt aufgesteckt. Bühnenschminke betonte ihre haselnussbraunen

Augen und die bleiche Haut. Katarina sollte offensichtlich die Rolle der Zuckerfee tanzen, denn sie trug ein atemberaubendes Kostüm in Pflaumenblau, das mit hellvioletten Kristallen verziert war. Auf ihrem Kopf thronte eine passende Krone, und auf ihren kurzen, purpurnen Nägeln glitzerten ebenfalls kleine Kristalle.

Katarina legte den Kopf schief, wie um den herzlichen Applaus anzuerkennen, der ihr zuteilwurde. Lina trat vor und reichte der Ballerina scheu einen Stift und ein Programm des Abends, um ein Autogramm zu erhalten.

Ein paar andere Leute holten sich ebenfalls Autogramme. Die meisten der Anwesenden drängten sich aber um die Vitrine, wo sie unter dem wachsamen Blick der Wachen den Nussknacker-Rubin bewunderten.

»Ziehen wir die Mission noch durch?«, fragte Desmond.

Ich sah mich im Ballsaal um. Die anderen Bedienungen schlängelten sich immer noch durch die Menge. Chef Jacques allerdings schien verschwunden zu sein. Er terrorisierte Maria und die anderen nicht mehr, weil sie es gewagt hatten, Strudel in Quadrate statt in *Rrrrechtecke* zu schneiden.

»Bist du dir sicher, dass du die Lichter ausgehen lassen kannst?«, fragte ich.

Desmond musterte mit kritischem Blick die Kristalllüster. »Die Elektroinstallation in der Burg ist ziemlich alt, also wird es mir ein wenig schwerer fallen als bei einem modernen System. Aber ich kann den Stromfluss unterbrechen. Ich werde die Lichter ein paarmal flackern lassen, bevor ich den Strom ganz abdrehe. Dadurch wird das Security-System zu einem Neustart gezwungen, und du kannst dich unentdeckt in Elsas Büro schleichen, wie wir es geplant haben.«

Ich sah zu den Überwachungskameras auf, die sich an der umlaufenden Galerie zwischen den Girlanden versteckten. Die Geräte wären quasi unsichtbar gewesen, hätten die Linsen nicht leicht geglänzt zwischen den grünen Ästen. Die Kameras deckten den gesamten Ballsaal ab, aber die meisten waren auf den Nussknacker-Rubin ausgerichtet. Wenn ich Glück hatte, würde sich auch das Sicherheitspersonal auf das Juwel konzentrieren.

»Ja, wir ziehen die Mission durch«, sagte ich und beantwortete damit endlich Desmonds Frage. »Ich muss nur auf den richtigen Moment warten, um mich wegzuschleichen.«

Er nickte, doch ich sah mich weiter im Ballsaal um, ließ meinen Blick von einer Gruppe zur nächsten huschen. Gäste, die den Nussknacker-Rubin anstarrten. Wachen, die damit beschäftigt waren, die Menge im Blick zu behalten. Katarina und der Rest der Balletttruppe, die Autogramme gaben und für Fotos posierten.

Alles war wie vorhin, und das meiste Rot in meinem Sichtfeld war verblasst. Doch aus irgendeinem Grund flüsterte die kleine Stimme in meinem Hinterkopf jetzt noch drängender: *Gefahr-Gefahr-Gefahr*.

2

Desmond

Charlotte verzog das Gesicht, und ihre Aura verdunkelte sich, als wäre sie plötzlich besorgt. Sie hob die Hand und schob die Finger in ihr kastanienbraunes Haar, um sich am Kopf zu kratzen.

»Stimmt etwas nicht?«

Sie senkte die Hand und schüttelte den Kopf. »Ich bin mir nicht sicher. Sei einfach vorsichtig, okay?«

»Du bist diejenige, die durch die Burg schleichen wird, also solltest du vorsichtig sein. Ich muss nur die Wachleute im Auge behalten und für ein paar Minuten den Strom ausfallen lassen. Das ist nicht schwerer als eine Kuchenbestellung im *Moondust Diner*.«

Ich zwinkerte Charlotte zu und hoffte, ich hatte mit meinen flapsigen Worten ihre Sorgen beseitigt, aber sie starrte nur erneut in den Ballsaal. Ihre Grimasse wurde langsam zu einer nachdenklichen Miene, aber ihre Aura verdunkelte sich noch mehr, genauso wie ihre blauen Augen. Selbst ihre Haut wurde ein wenig bleicher, trotz der aufgemalten, pinkfarbenen Flecken auf den Wangen.

»Woran denkst du gerade?«, fragte ich.

»Miriam«, gestand Charlotte traurig. »Sie hat Partys geliebt, besonders Weihnachtsfeiern.«

Miriam Lancaster war eine Charmeurin gewesen – eine Paranormale, deren magische Begabung ein besonderes Charisma war. Sie hatte ihre Fähigkeit eingesetzt, um sich bei Leuten beliebt zu machen, ihnen Geheimnisse zu entlocken und diese Informationen dann an die Section 47 weiterzuleiten. Miriam war Charlottes engste – und einzige – Freundin in der Niederlassung in Washington gewesen … bis Charlotte herausgefunden hatte, dass Miriam zu Henrika Hydes Maulwürfen gehörte. Charlotte hatte Miriam auffliegen lassen, zusammen mit einem weiteren Maulwurf, Trevor Donnelly. Er war Miriams Geliebter, der Chef der Charmeure und einer meiner engsten Freunde gewesen. Ich hatte Trevor und Miriam getötet, um in einer kniffligen Situation im Hauptquartier sowohl mich selbst als auch Charlotte zu retten.

Lüge, hätte Charlotte geflüstert, wenn ich diesen Gedanken laut geäußert hätte. Denn das entsprach nicht der Wahrheit – oder zumindest war es nicht die *ganze* Wahrheit. Ich hatte Miriam erschossen, um Charlotte zu retten, als die andere Frau sie als Geisel genommen hatte … Trevor aber hatte ich umgebracht, weil ich das wollte – weil ich mich dafür rächen wollte, dass Trevor mich bei der Blacksea-Mission verraten hatte.

Die altmodische Glühbirne in einer silbernen Wandlampe links von mir begann zu flackern und verriet damit, wie aufgewühlt ich war. Ich atmete einmal tief durch, bewegte die Finger und gab die Elektrizität frei, die ich unbewusst wie einen Schild um mich gesammelt hatte, als könnte ich die schrecklichen Erinnerungen damit abwehren.

Vor mehreren Monaten war ich zu der Blacksea-Mission ausgesandt worden, um Adrian Anatoly zu töten – einen Terroristen, der sich auf einer kleinen Insel vor der Küste Australiens versteckt hielt. Mein Partner war Graham Walker gewesen, ein Cleaner-Kollege und mein bester Freund. Durch Trevors verräterische Machenschaften hatte Anatoly allerdings von unserer Mission gewusst und den Strand mit Henrika Hydes Redburn-Sprengstoff präpariert.

Die Bilder blitzten in meinem Kopf auf, als beobachtete ich ein weiteres Mal, wie all diese Bomben explodierten. Ich hörte Grahams Schrei, bevor er sich auf mich gestürzt und mich in den Sand gepresst hatte. Sah die heftigen, brennend heißen Druckwellen der Explosionen, die uns trafen. Das Weiß von Grahams Augen, das gespenstisch vor seiner rot verfärbten Haut leuchtete. Spürte dieses klebrige Gefühl auf meiner Haut, als wäre ich mit kochendem Honig überzogen, der erbarmungslos eine Hautschicht nach der anderen verdampfen ließ. Dann das Schlimmste: Graham, der mich heiser bat, seine restliche Energie und Lebenskraft zu verwenden, um mich selbst zu heilen … damit ich überleben konnte, selbst wenn ihm diese Chance nicht vergönnt war …

Wieder flackerte die Glühbirne.

Charlotte berührte leicht meine Hand. »Desmond? Alles okay?«

Ich verdrängte die Erinnerungen und konzentrierte mich auf die Aura, die stetig und gleichmäßig um Charlottes Herz herum leuchtete. Ich holte tief Luft, um ihr Blau einzuatmen und das beruhigende Gefühl über die offenen Wunden zu legen, die immer noch tief in mir schwärten. Graham mochte tot sein, aber Charlotte war hier. Und ich musste mich auf die Mission konzentrieren.

Ich würde sie nicht verlieren, so wie ich meinen besten Freund verloren hatte.

Charlotte sah mich unverwandt an. Ich musste erst gegen einen Kloß in meiner Kehle anschlucken, bevor ich ihr antworten konnte.

»Es geht mir gut. Ich habe nur gerade an Graham gedacht und an alles, was passiert ist.« Ich hielt inne, weil es mir nicht leichtfiel, meine aufgewühlten Gedanken in Worte zu fassen. »Ist es seltsam, dass ich Trevor vermisse? Ich weiß, dass er ein Verräter war. Dass er sich von einem Terroristen hat bezahlen lassen. Dass es ihm egal war, was mit mir oder Graham oder all den anderen Agenten geschieht, die an der Blacksea-Mission beteiligt waren. Aber wir waren lange Zeit befreundet, und ich denke immer noch oft an ihn. An Missionen, die wir gemeinsam absolviert haben. Dinge, die er gesagt hat. Witze, die er gerissen hat. Manchmal … vermisse ich es einfach, mich mit ihm zu unterhalten.«

Ich erkannte Mitgefühl in Charlottes Miene, als sie meine Hand drückte. »Mir geht es mit Miriam genauso … besonders an Abenden wie diesem.« Sie zeigte mit dem Kinn in Richtung Ballsaal. »Miriam meinte immer, die Weihnachtszeit wäre ihre liebste Jahreszeit. Dass sich in dieser Zeit alle entspannten, was ihr die Arbeit als Charmeurin erleichterte. Dass die Leute zu viel trinken und zu viel essen und vor allem auch zu viel reden. Sie hat immer gesagt, für Spione wäre die Weihnachtszeit die beste Zeit des Jahres.«

Ich nickte. Es war erstaunlich, wie sehr einem Personen nachhängen konnten, die gestorben waren … sogar wenn man selbst die Verantwortung für ihren Tod trug.

Charlotte drückte noch einmal meine Finger, dann ließ sie meine Hand los. »Wie war Weihnachten in deiner Familie?«

Ich war dankbar für den Themenwechsel, auch wenn ein Gespräch über meinen Vater fast genauso schmerzhaft war wie die Erinnerung an meine Freundschaft zu Trevor – und seinen Verrat.

»Nun, der General war normalerweise nicht in der Stadt, sondern unterwegs, um irgendeine Mission der Section zu überwachen, also waren meine Mutter und ich allein. Mir hat das nichts ausgemacht. Auf diese Weise war Weihnachten viel weniger angespannt und stressig.«

Charlotte schnaubte zustimmend. »Klingt wie in meiner Kindheit. Mein Vater hat sich nie von seinem Job als Cleaner freigenommen, nicht mal zu Weihnachten ... aber Grandma Jane hat immer dafür gesorgt, dass das Fest zu etwas Besonderem wurde. Wir haben den größten Baum gekauft, der in ihre Wohnung passte, und haben ihn geschmückt, während im Fernsehen die Thanksgiving-Parade lief. Grandma Jane hat Kristallsterne gesammelt. Damit hat der Baum geglänzt, als wäre er mit Diamanten überzogen. Mein Vater hat ihr jedes Jahr einen Stern gekauft. Und nachdem er getötet wurde, habe ich die Tradition weitergeführt.« Ein wehmütiger Tonfall schlich sich in ihre Stimme. »Ich musste die Sterne allerdings alle verkaufen. Nachdem Grandma krank geworden ist.«

»Tut mir leid.«

»Es ist okay. Ich habe meinen Frieden damit gemacht.«

Lüge, wollte ich flüstern. Ich besaß nicht Charlottes Synästhesie, aber ihre Aura verlor erneut an Strahlkraft und verriet mir so, wie sehr sie ihre Großmutter vermisste, genau wie all diese geliebten Erinnerungsstücke, die sie hatte verkaufen müssen, um die medizinische Versorgung der alten Frau zu bezahlen.

Wir verfielen in Schweigen, beide von uns heimgesucht von den Geistern unserer vergangenen Weihnachten.

Elsa Eisen schlug mit einer Gabel gegen ihre Champagnerflöte und bat die Leute, die Plätze einzunehmen. Die Mitglieder der Turteltauben-Balletttruppe stiegen auf die Bühne und verschwanden hinter dem riesigen Weihnachtsbaum, um sich für ihre Vorstellung bereitzumachen.

»Bist du so weit?«, fragte ich.

»Ja. Es sind alle abgelenkt. Eine bessere Chance wird sich uns nicht bieten.« Charlotte spielte an einem silbernen Knopf ihres Jacketts herum. »Kannst du mich noch hören?«

Ihre Stimme hallte gleichzeitig durch die Luft und erklang direkt in meinem Ohr. Ich berührte den falschen Diamanten in der Mitte meiner Fliege. »Jepp. Kannst du mich auch hören?«

»Kristallklar.«

Neben den Kameras trugen wir beide Kommunikationsgeräte, die es uns erlaubten, miteinander zu sprechen. In den letzten paar Stunden hatten wir sie allerdings kaum verwendet, obwohl wir getrennt voneinander zur Burg gekommen waren – sie mit dem Servicepersonal über die Bergstraße, ich mit den Gästen mit der Seilbahn.

»Viel Glück«, sagte ich.

»Dir auch.« Charlotte schnippte spöttisch gegen meine Fliege. »Lass dich nicht von zu viel Champagner in Schwierigkeiten bringen, Dundee.«

Ich zwinkerte ihr zu, bevor ich mein Glas hob. »Das kann ich dir nicht versprechen, Ziffer. Herumscharwenzeln ist ziemlich gefährlich.«

Charlotte lachte und berührte leicht meine Hand. Ich widerstand dem Drang, meine Finger um ihre zu schließen. Ich wollte sie ständig anfassen, ihre warme Haut an meiner spüren … aber als wir uns im Hauptquartier der Section das erste Mal begegnet waren, hatte Charlotte angenommen, dass ich sie ausnutzen wollte, daher hatte ich ihr versprochen, sie niemals ohne ihre Erlaubnis zu berühren. Sie hatte mir diese Erlaubnis schon vor langer Zeit erteilt … trotzdem hielt ich mich so gut wie möglich an mein Versprechen.

Außerdem würde Zurückhaltung jetzt nur dafür sorgen, dass die Berührungen später umso wunderbarer waren.

Charlotte senkte die Hand, dann wanderte sie in den hinteren Teil des Ballsaals. Sie belud ihr Tablett erneut mit Champagnerflöten und verschwand durch einen Seiteneingang. Sobald sie die Dateien in Elsas Büro kopiert hatte, konnten wir uns aus der Burg schleichen und den Rest des Abends miteinander genießen.

Zum ersten Mal seit langer Zeit freute ich mich auf den Weihnachtsmorgen … und das verdankte ich nur Charlotte.

Die Leute schlenderten in Richtung der gepolsterten Stühle vor der Bühne, aber ich hielt meine Position an der Wand und ließ den Blick erneut über die Menge gleiten. Meiner Zählung nach befanden sich die meisten Wachmänner jetzt im Ballsaal und behielten den Nussknacker-Rubin im Blick. Gut. Das dürfte es Charlotte erleichtern, unentdeckt bis zu Elsas Büro vorzudringen.

Neben mir fiel ein Schatten auf den Boden, und eine vertraute Energie erfüllte die Luft. »Hey, Geck«, murmelte eine tiefe Stimme. »Wie schön, dich hier zu sehen.«

Plötzlich stand ein Mann in den Dreißigern neben mir. Hätte ich seine gleichmäßige, intensive Energie nicht gespürt, so hätte ich sein Näherkommen nicht bemerkt.

Er war ein wenig größer als ich, über einen Meter achtzig, und viel muskulöser gebaut. Sein Kinn zierte ein gepflegter Ziegenbart, sein schwarzes Haar war kurz geschnitten, wenn es auch etwas länger war als bei unserer letzten Begegnung im *Moondust Diner* vor ein paar Wochen. Seine hellbraunen Augen und die ebenholzschwarze Haut glänzten im Licht, genauso wie seine diamantbesetzten Manschettenknöpfe. Sie glitzerten, als wären sie echt, anders als der quadratische Zirkon an meiner Fliege. Genau wie ich trug auch der Mann einen Smoking, nur dass sein Anzug aus schwarzem Samt bestand, sein Hemd und die Fliege aber aus schwarzer Seide.

Trotz seines eleganten Auftretens war Gabriel Chase alles andere als harmlos. Der ehemalige Section-47-Cleaner war genauso begabt und genauso tödlich wie ich.

»Hallo, Gaby«, meinte ich gedehnt. »Was für eine Überraschung!«

Er schnaubte. »Gaby? Wirklich? Etwas Besseres fällt dir nicht ein?«

»Nun, ist natürlich bei Weitem nicht so originell und catchy wie Geck. Wenn es dir nicht gefällt, kann ich mir sicher noch einen anderen Spitznamen ausdenken.«

Gabriel schnaubte wieder, dann nippte er an seinem Champagner. Sein Blick glitt kalt und kalkulierend über den Ballsaal hinweg. »Wo ist deine klügere, bessere Hälfte?«

»Keine Ahnung, von wem du sprichst.«

Er schnaubte zum dritten Mal. »Spiel nicht den Trottel, Geck. Wenn du hier bist, treibt sich Charlotte ebenfalls hier herum. Ihr beide hängt in letzter Zeit ständig miteinander ab, auf mehr als eine Weise.«

Ich warf ihm einen genervten Blick zu. »Ist das ein Problem?«

Mir war es ziemlich egal, ob Gabriel Chase mich mochte oder nicht, Charlotte zuliebe wollte ich aber halbwegs mit ihm klarkommen. Gabriel und Charlotte waren miteinander aufgewachsen und immer noch gute Freunde, die sich hin und wieder gegenseitig einen Gefallen erwiesen. Charlotte hatte sich Geld von Gabriel geliehen, um die Arztrechnungen ihrer Großmutter zu bezahlen … und Gabriel hatte für sie das Grünglas-Collier aus dem Halstead Hotel gestohlen und dabei geholfen, die Maulwürfe bei der Section auffliegen zu lassen.

»Nö. Es freut mich, dass Charlotte endlich jemanden gefunden hat, der ihr innerhalb der Section den Rücken deckt.« Er lächelte, zeigte dabei aber zu viele Zähne. Und seine rauchig graue Aura pulsierte gefährlich. »Aber wenn du sie je verletzt oder verrätst, werde ich in deine Brust greifen und dir dein eigenes Herz unter die Nase halten. Und dann quetsche ich es zusammen und werfe es weg wie ein gebrauchtes Taschentuch.«

Das war keine leere Drohung. Gabriel Chase war ein Phaser – ein Paranormaler, der seinen gesamten Körper durch Türen, Wände und andere solide Gegenstände bewegen konnte. Er konnte mir genauso leicht das Herz aus der Brust reißen, wie ich Geldscheine aus meinem Portemonnaie holte.

»Also, wo ist sie?«, fragte Gabriel. »Und was treibt ihr beide hier?«

»Charlotte kümmert sich noch um etwas, und dann wollen wir uns ein paar Tage Weihnachtsferien gönnen.«

Er kniff die Augen zusammen. »Hat die Section etwas mit diesen Ferien zu tun?«

»So was in der Art.«

Charlotte und ich arbeiteten immer noch für die Section 47, aber seitdem die Maulwürfe in der Niederlassung in Washington aufgeflogen waren, sprachen wir nicht mehr über unsere Missionen – besonders nicht über unseren Versuch, Henrika Hyde aufzuspüren.

Wir waren zwar unglaublich vorsichtig vorgegangen, trotzdem war uns Henrika wieder und wieder durch die Finger geglitten. Niemand konnte so viel reines *Glück* haben … was bedeutete, dass irgendjemand sie über unsere Absichten informierte. Ich hatte allerdings keine Ahnung, wer das sein sollte. Charlotte und ich vertrauten sowohl Gia Chan als auch Evelyn Hawkes – und das waren die einzigen Personen, die über die Details unserer Mission informiert waren.

Oh, ich bin mir sicher, dass noch weitere Leute annahmen, wir würden Henrika jagen – unter anderem Joan Samson, eine frühere Section-Liaison und Freundin von mir. Joan war mit Graham zusammen gewesen und wollte seinen Tod ebenso dringend rächen wie ich. Mehr als einmal hatte sie darum gebeten, mir und Charlotte helfen zu dürfen, obwohl ich ihr nie verraten hatte, was genau wir eigentlich taten. Joan würde allerdings niemals für Henrika arbeiten – was bedeutete, dass jemand anderer in der Section die paranormale Waffenhändlerin auf dem Laufenden hielt.

Und sobald wir das Miststück endlich erwischt hatten, würde ich auch herausfinden, wer das war.

»Ahh«, meinte Gabriel. »Also bist du mit Charlotte heimlich hier. Irgendwie traurig, dass ihr eine geheime Mission innerhalb einer Organisation durchführen müsst, die selbst bereits nur im Geheimen existiert.«

Ich zuckte nur mit den Achseln. »Du weißt doch, wie es in der Section 47 läuft. Man weiß nie genau, wem man vertrauen kann.«

Ein harsches Lachen drang über seine Lippen. »Das musst du mir nicht erzählen.«

Diesmal musterte ich ihn kritisch. »Wirst du mir je verraten, was genau du getan hast, um aus der Section zu fliegen? Für gewöhnlich lassen sie Cleaner mit deinen Fähigkeiten nicht einfach gehen.«

Gabriel trank einen Schluck Champagner, auch wenn er dabei eher aussah, als würde er gerade an Gift nippen.

»Wenn ich so darüber nachdenke, lautet die viel interessantere Frage doch eigentlich, was du hier treibst«, meinte ich. »Dein Name stand nicht auf der Gästeliste.«

»Wie bist du an die Gästeliste ...« Gabriel seufzte. »Charlotte. Sie ist wirklich zu klug für die Welt, mich eingeschlossen.«

Ich grinste. »Ja, das ist sie.«

Gabriel nippte erneut an seinem Champagner. »Wenn du es unbedingt wissen musst, ich hatte gerade einen Beraterauftrag in Frankfurt abgeschlossen, als Elsa Eisen mich kontaktiert hat.«

Gabriel hatte die Section 47 zwar verlassen, aber er war immer noch Teil der Spionagewelt. Er führte *Chase Industries*, eine Privatfirma, die so gut wie alles anbot, von der Befreiung von Entführungsopfern über Zeugenschutz bis hin zur Rückgewinnung gestohlener Kunstwerke. Gabriel hatte den Ruf, entweder still und unsichtbar oder laut und tödlich zu sein, je nachdem, was seine Kunden und die Gegebenheiten verlangten.

Ich hob überrascht die Augenbrauen. »Elsa Eisen möchte, dass du für sie arbeitest? Und was genau sollst du tun?«

Gabriel zuckte mit den Achseln. »Das ist noch nicht geklärt. Ich bin erst vor ein paar Minuten angekommen. Ich wollte gerade mit ihr reden, da habe ich dich hier herumlungern gesehen und beschlossen, dich zu begrüßen.«

Inzwischen hatten die meisten Gäste ihre Plätze eingenommen. Das Servicepersonal dagegen war im hinteren Bereich damit beschäftigt, dreckiges Geschirr wegzuräumen. Die Vorhänge vor der Bühne waren geschlossen, aber es erklangen bereits die ersten Takte Musik, was mir verriet, dass die Vorstellung bald beginnen sollte.

Ich warf einen Blick auf Elsa, die gerade einem ihrer Security-Männer etwas zuflüsterte. Der Mann nickte, dann ging er davon. Elsas Miene blieb ausdruckslos, doch ihre rote Aura pulsierte vor Sorge. Als Lina zu ihr trat, kleisterte sich Elsa sofort ein Lächeln ins Gesicht und begann, sich mit ihrer Nichte zu unterhalten.

»Glaubst du, Elsa steckt in Schwierigkeiten?«, fragte ich.

»Die Leute heuern mich nicht nur an, weil ich attraktiv bin und gute Konversation mache, Geck.«

Gabriel schenkte mir ein selbstgefälliges Lächeln, dann strich er sein Smoking-Jackett glatt, stiefelte zu Elsa und stellte sich ihr vor. Wieder blieb ihre Miene verschlossen, aber ihre Aura pulsierte noch heftiger als bisher, diesmal allerdings vor Interesse. Elsa scheuchte Lina zu einem Stuhl, dann zog sie Gabriel zur Seite, um sich mit ihm zu unterhalten. Ich konnte ihre Worte nicht verstehen, aber schon nach einer Sekunde wechselte Gabriels Auftreten von warm, charmant und entspannt zu kalt und wachsam.

Also steckte Elsa Eisen in Schwierigkeiten und hatte Gabriel Chase angeheuert, damit er ihr half. Ich konnte nicht anders, als mich zu fragen, ob ihre Probleme etwas mit Henrika Hyde zu tun hatten – und ob die heutige Weihnachtsfeier sich eventuell als viel gefährlicher entpuppen würde, als Charlotte und ich vorhergesehen hatten.

Elsa beendete ihre Unterhaltung mit Gabriel, während die letzten Gäste ihre Plätze einnahmen. Ich sicherte mir einen Stuhl in der letzten Reihe, sodass ich mit dem Rücken zur Wand saß und die meisten Leute im Blick behalten konnte.

Gabriel bezog Position an einer Wand, nicht weit von Elsas und Linas Plätzen in der ersten Reihe. Sein Blick glitt ständig durch den Ballsaal, dann sprach er ein paar Worte mit einem Wachmann. Egal, in was für Schwierigkeiten Elsa steckte: Gabriel versuchte bereits, sie in den Griff zu bekommen.

Die Deckenlichter wurden gedimmt, die Vorhänge glitten zur Seite, und es begann die Vorstellung. Ich kannte die Musik, auch wenn ich den *Nussknacker* noch nie gesehen hatte. Normalerweise hätte ich die Vorstellung genossen – schließlich war ich ein großer Freund der schönen Künste –, aber wie Gabriel blieb ich lieber wachsam. Ich beobachtete die Tänzerinnen und Tänzer, die Gäste auf ihren gepolsterten Sesseln und auch das Servicepersonal, das wieder Buffettische füllte.

Laut Charlottes Informationen dauerte der *Nussknacker* mit Pause normalerweise zwei Stunden, aber da heute Abend nur ein paar Szenen präsentiert werden sollten, würde das Ganze nur eine halbe Stunde dauern. Dann konnten sich die Gäste erneut mit den Tänzern unterhalten, den Nussknacker-Rubin bewundern und sich noch mehr Champagner hinter die Binde gießen.

Henrika Hyde war nicht anwesend. Und es sah auch nicht so aus, als würde sie in letzter Minute noch erscheinen. Enttäuschend, wenn auch nicht überraschend. Henrika war uns jetzt schon eine Weile immer eine Nasenlänge voraus, daher hatte ich nicht wirklich damit gerechnet, sie heute Abend zu erwischen.

Während die Musik schneller und intensiver wurde und die Tänzer über die Bühne wirbelten, sah ich auf meine Taschenuhr. Charlotte sollte inzwischen in Position sein. Es wurde Zeit für meinen Einsatz.

Ich schob die Uhr wieder in die Westentasche, stand auf und entfernte mich von der Bühne, als würde mich die Vorstellung langweilen.

Maria, die Kellnerin, mit der Charlotte sich vorhin unterhalten hatte, bot mir Pflaumenstrudel an, doch ich lehnte höflich ab. Stattdessen steckte ich die Hände in die Taschen und schlenderte auf eine der Nebentüren zu.

Nach den Plänen, die Charlotte aufgespürt hatte, gab es ungefähr zehn Meter den Flur hinunter einen Verteilerkasten. Ich hatte ihn bei meiner Ankunft bereits gesehen. Als Galvanist konnte ich mühelos die Energie lenken, die durch die Wände des Raums lief, in dem ich mich befand. Um aber in einem größeren Bereich den Strom ausfallen zu lassen – wie in einer ganzen Burg –, brauchte ich Zugang zu einem Schalt- oder Verteilerkasten. Den Ballsaal zu verlassen und den Strom von dem Kasten aus zu kanalisieren, hatte außerdem den Vorteil, dass mich niemand aus Versehen berühren und dabei wortwörtlich den Schock seines Lebens bekommen konnte, während ich mich am Stromnetz der Burg zu schaffen machte.

»Charlotte?«, fragte ich leise. »Bist du in Position?«

Stille. Dann hörte ich ein schweres Atmen, als hätte Charlotte sich irgendwie angestrengt. »Bin dran. Gib mir noch neunzig Sekunden, dann mach das Licht aus.«

»Roger.«

Ich sah mich ein letztes Mal im Ballsaal um. Die Security beachtete mich nicht, da ich mich ein gutes Stück vom Nussknacker-Rubin entfernt aufhielt. Allerdings beobachtete mich Gabriel mit einem wissenden Blick. Zweifellos hatte er sich als

Section-Cleaner auch unzählige Male von einer Party geschlichen, um seine Mission zu vollenden …

Die Lampen flackerten.

Ich blieb stehen und starrte erst eine Wandlampe, dann den Kristalllüster über meinem Kopf an.

Das Licht flackerte wieder, und ich hörte ein seltsames, hochfrequentes Pfeifen, als wären die altmodischen Glühbirnen kurz vor dem Durchbrennen. Auch hinter den Schichten aus Farbe, Holz und Pflastersteinen konnte ich die Energie in den Leitungen der Wände spüren. Doch sie floss nicht mehr gleichmäßig, sondern hüpfte eher, wie die Nadel auf einer zerkratzten Schallplatte.

»Charlotte!«, zischte ich. »Etwas stimmt hier nicht …«

Die Lichter flackerten ein drittes Mal, dann gingen sie aus, und der Ballsaal versank in Dunkelheit.

Jemand anderes hatte den Strom abgeschaltet.

3

Charlotte

Ich füllte mein Tablett wieder mit Champagnerflöten, verließ den Ballsaal und bot den Leuten, die im Flur standen, etwas an. Doch sie waren zu sehr damit beschäftigt, sich gut gelaunt zu unterhalten, um mich zu beachten. Das war in Ordnung. Ich ging an ihnen vorbei, den Blick auf das Ende des Flurs gerichtet.

»Wo willst du denn hin?«, rief jemand scharf.

Ich unterdrückte ein Stöhnen, dann drehte ich mich um. Chef Jacques kam mit ausladenden Schritten auf mich zu. Er hielt schon wieder ein großes Messer in der Hand. Die Klinge leuchtete in meinen Augen in einem noch bedrohlicheren Dunkelrot als die, mit der er vor Maria herumgewedelt hatte, doch das war nichts im Vergleich zu seiner finsteren Miene.

Jacques blieb stehen und wedelte mit dem Messer vor mir in der Luft herum, als wäre es eine Verlängerung seines Zeigefingers, stach mich allerdings nicht damit. »Du solltest dich mit den anderen im Ballsaal aufhalten, nicht hier draußen herumschlendern wie ein verirrtes Schaf.«

Ich deutete auf die in Gruppen Herumstehenden. »Sie haben uns gesagt, wir sollen die Gäste bedienen. Nun, einige Gäste haben den Saal verlassen, also bin ich ihnen gefolgt.«

Er schnaubte, als störte ihn die Logik meines Arguments. »Los, geh wieder rein. Die Ballettvorführung beginnt gleich.«

Ich nickte pflichtbewusst, auch wenn ich innerlich fluchte wegen der Verzögerung.

Ein Kellner trat in den Flur, und Jacques eilte sofort auf ihn zu.

»Wie oft muss ich dir das noch sagen?«, blaffte er. »Die süßsauren Fleischbällchen sollen den Gästen auf Spießen serviert werden – auf Spießen! –, damit sie sich nicht die Finger schmutzig machen müssen. *Imbécile!*«

Der Kellner zog schuldbewusst den Kopf ein. Nun, zumindest war ich nicht die Einzige, die heute den Zorn des Küchenchefs auf sich gezogen hatte.

Jacques murmelte weiter etwas über Spieße und *imbéciles* vor sich hin, während er durch den Flur stürmte und schließlich in der Küche verschwand.

Sobald Jacques nicht mehr zu sehen war, eilte ich ans andere Ende des Flurs und bog um die Ecke. Ich wartete ein paar Sekunden, aber ich hörte weder Schritte, noch sah ich Messer, die auf mich zuflogen, also ging ich weiter in die Burg hinein.

Wie bei vielen historischen Gebäuden gab es auch in der Burg Tannenbaum zu bestimmten Jahreszeiten Führungen. Ich hatte Stunden damit verbracht, mir Videos auf verschiedenen sozialen Medien anzusehen, und hatte auch die offiziellen Bilder auf der Website der Burg studiert, um sie mit den Plänen und allen anderen Infos, die ich ausgegraben hatte, zu vergleichen. Meinen Recherchen zufolge befanden sich die meisten Kameras in den öffentlichen Bereichen – wie im großen Ballsaal –, um sicherzustellen, dass Touristen mit klebrigen Fingern nicht irgendwelche Kleinigkeiten in ihren Handtaschen und Rucksäcken verschwinden ließen. Doch auch in den Fluren – einschließlich dieses Flurs – gab es ein paar Kameras. Daher die Verkleidung als Kellnerin. Die Leute unterstellten einem viel seltener hinterhältige Absichten, wenn es aussah, als erfüllte man eine Aufgabe – wie zum Beispiel Getränke zu servieren.

Im Gehen ließ ich meinen Blick über die Einrichtung gleiten, die bei näherer Betrachtung noch viel luxuriöser und eindrucksvoller wirkte als online. Nachdem meine Großmutter krank geworden war, hatte ich mich gezwungen gesehen, fast ihr gesamtes Hab und Gut – und meines – zu verkaufen, um ihre gigantischen Krankenhausrechnungen zu zahlen. Möbel, Geschirr, Kleidung, Schmuck. Ich hatte alles verkauft, verpfändet und versetzt, was in ihrer Wohnung nicht festgenagelt oder für meinen Alltag unerlässlich war, bis hin zu den Kristallsternen, die Grandma Jane fast ihr gesamtes Leben lang gesammelt hatte. Eine Antiquitätenhändlerin, fast wie Elsa Eisen, hatte mir zweitausend Dollar für die Ornamente gegeben, was zumindest eine Zeit lang den Medikamentenbedarf meiner Großmutter gedeckt hatte.

Da ich monatelang in der fast leeren Wohnung von Grandma Jane gewohnt hatte, fand ich die schiere Ansammlung von *Zeug* in der Burg ein wenig überwältigend. Wandbehänge, Gemälde, Spiegel, Tische, Stühle, sogar lebensgroße Rüstungen, die Schwerter, Streitäxte und andere Waffen in den Händen hielten. Und dazu gab es dann *noch mehr Zeug*, in Form von Weihnachtsdekorationen: Mistelzweige und Lebkuchenfiguren aus Porzellan an den Wänden, Girlanden aus frischen Nadelzweigen mit roten Weihnachtskugeln in Torbogen und Fensternischen. Sogar die Rüstungen waren mit blauen und silbernen Schleifen verziert, die ein wenig aussahen wie riesige Anzugfliegen – als würden sich die mittelalterlichen Ritter gleich den anderen Gästen im Ballsaal anschließen.

Meine Synästhesie erwachte zum Leben und tauchte die scharfen Klingen der Ritter in ein scharlachrotes Licht. Doch meine Magie hielt sich nicht nur mit den gewöhnlichen Waffen auf. Quasi alles in der Burg leuchtete in der vertrauten Farbe, die Gefahr signalisierte.

Der Strang einer Lichterkette, der aus einer Bodendekoration herausstand, glühte in hellem Pink, weil jederzeit jemand darüber stolpern konnte. Dasselbe galt für eine schief hängende Lebkuchenfigur aus Porzellan, die kurz davor war, von der Wand zu fallen und jemandem eine ordentliche Beule zu verpassen. Selbst der glänzende Marmorboden nahm eine leicht graue Färbung an, weil er so glatt poliert war, dass man leicht darauf ausrutschen konnte.

Ich biss die Zähne zusammen und ignorierte die Farben, doch meine eigenen Schritte klangen wie das Unheil verheißende Trommeln in einem Film, das signalisierte, dass der Heldin gleich etwas zustoßen würde. Ich war mir nicht sicher, ob das bedrohliche Geräusch meiner Synästhesie zu verdanken war oder eher mit der seltsamen Akustik der Burg zusammenhing, auf jeden Fall aber verursachte es mir Kopfweh.

»Hallo, Gaby«, erklang Desmonds Stimme in meinem Ohr. »Was für eine Überraschung!«

Als Nächstes erklang ein Schnauben, gefolgt von einer vertrauten Stimme. »Gaby? Wirklich? Etwas Besseres fällt dir nicht ein?«

Ich runzelte die Stirn. Was trieb Gabriel hier? Als ich ihm vor ein paar Tagen das letzte Mal eine Nachricht geschrieben hatte, hatte er einen Job zu Hause in Washington, D. C., erledigt …

»Wo willst du denn hin?«, wollte eine laute Stimme wissen.

Einen Augenblick lang glaubte ich, Chef Jacques wäre mir tatsächlich gefolgt, aber diese tiefe Stimme hatte keinen französischen Akzent und klang auch nicht ganz so herablassend.

Ich blieb vor der großen Prunktreppe stehen, die ins Erdgeschoss führte. Ein Mann im Smoking mit einem Funkgerät in der Hand kam auf mich zu. Ich schenkte ihm ein strahlendes Lächeln, auch wenn ich innerlich mein Pech verfluchte. Ich hätte mehr auf meine Umgebung achten sollen, statt mich über Gabriels plötzliches Erscheinen zu wundern.

Super gemacht, Charlotte. Du bist wirklich eine tolle Spionin.

Ich hatte keine Ahnung, ob der Wachmann mich mithilfe einer Überwachungskamera entdeckt hatte oder ob er mir einfach auf einem normalen Kontrollgang über den Weg gelaufen war, aber das spielte auch keine Rolle. Er hatte mich gesehen, und jetzt musste ich eine Entscheidung treffen: Flucht oder Angriff.

Ich balancierte immer noch das Tablett auf der linken Hand. Mit der rechten zog ich einen Gegenstand, der aussah wie ein silbernes Lippenstiftetui, aus der Hosentasche und verbarg ihn in meiner Hand.

Flucht würde mir und Desmond nicht die Informationen verschaffen, die wir wollten – und brauchten –, also blieb nur Kampf. Ohnehin endete fast jede Situation in einem Kampf, wenn es um die Section 47 ging.

Der Mann hielt vor mir an. Er war riesig, mindestens einen Meter neunzig, und sein weißes Hemd und das schwarze Smoking-Jackett spannten über seinen breiten Oberarmen. »Was treibst du in diesem Teil der Burg?«

Ich zeigte mit dem Kinn auf das Tablett. »Miss Eisen hat mich gebeten, für ein privates Meeting Champagner in ihr Büro zu bringen.«

Zu meiner Überraschung lachte der Wachmann über meine Lüge. »Privates Meeting. Genau.« Er hob das Funkgerät vor den Mund und drückte einen Knopf. »Hey, Vlad, ich habe eine Herumtreiberin in einem anderen Teil der Burg. Soll ich sie zurück in den Ballsaal bringen oder mich gleich hier um sie kümmern?«

»Ballsaal«, erklang knisternd eine Stimme mit leichtem russischem Akzent aus dem Gerät. »Die Vorstellung hat noch nicht angefangen, wir verteilen alle noch auf ihre Positionen.«

Das war meine beste – und wahrscheinlich einzige – Chance, zu Elsas Büro vorzudringen. Und ich hatte nicht vor, unverrichteter Dinge wieder abzuziehen. Also wartete ich, bis der Mann das Funkgerät wieder an seinem Gürtel befestigt hatte, dann lächelte ich ihn an.

»Tun Sie mir einen Gefallen. Halten Sie das mal kurz.«

Bevor er protestieren konnte, streckte ich ihm ruckartig das Tablett entgegen. Instinktiv hob er die Hände, um es festzuhalten. Als Nächstes drückte ich einen winzigen Knopf an der Röhre in meiner Hand. Als eine feine Nadel an dem einen Ende erschien, sprang ich vor und rammte sie dem Kerl in den Hals.

Der Mann jaulte überrascht auf und zuckte zurück. Allerdings blieb die Röhre mit der Nadel an seinem Hals hängen wie eine Elektrode an Frankensteins Monster. Knurrend warf er das Tablett auf mich, aber ich wich dem Angriff aus. Das Tablett knallte klirrend hinter mir an die Wand, dann zerbrachen die Champagnerflöten auf dem Boden. Die Geräusche erinnerten an Explosionen.

Der Wachmann trat vor, presste mich gegen die Wand und schloss die Hände um meinen Hals. »Du hinterhältiges kleines Miststück!«, knurrte er. »Dafür wirst du zahlen!«

Nach seinem festen Griff und der Leichtigkeit zu urteilen, mit denen er mich festhielt, musste er ein Paranormaler mit besonderer Stärke sein. Auf keinen Fall konnte ich seine Finger von meiner Kehle lösen, also hob ich die Hand, packte die silberne Röhre und rammte ihm die Nadel daran noch tiefer in den Hals.

Dieser Lippenstift gehörte zu den Gadgets, die ich mir aus der Waffenkammer der Section geliehen hatte, bevor Desmond und ich nach Deutschland gereist waren. Der Behälter enthielt ein starkes Beruhigungsmittel, das angeblich in der Lage war, selbst den größten, stärksten Paranormalen innerhalb von Sekunden auszuschalten.

Bei dem zunehmenden Druck auf meiner Kehle und dem bedrohlichen Mangel von Luft in meiner Lunge verfluchte ich allerdings innerlich die Wahl meiner Ausrüstung. Das war das Problem mit Regierungsorganisationen, besonders geheimen. Nichts funktionierte jemals so, wie es sollte …

Erst rollten die Augen des Mannes nach hinten, dann kippte er nach vorn. Ich stöhnte, als er gegen mich knallte, dann fielen wir gemeinsam zu Boden.

Es kostete mich ein paar Sekunden, seinen schweren Körper von mir herunterzuschieben. Ich kauerte mich neben den Mann, sah mich um und lauschte, aber die Kamera dort oben in der Ecke blieb auf die Prunktreppe gerichtet. Und ich hörte auch keine Schritte. Ich seufzte erleichtert. Anscheinend hatte mich niemand auf den Überwachungsmonitoren entdeckt, aber ich musste mich beeilen, bevor doch noch jemand hier auftauchte.

Ich zog die Nadel aus dem Hals des Mannes, ließ sie wieder einschnappen und schob das Röhrchen zurück in die Hosentasche. Dann durchsuchte ich meinen Gegner.

Der Wachmann hatte weder ein Handy noch irgendeine Art von Ausweis bei sich … was mir seltsam erschien. Allerdings trug er zwei Pistolen und drei Schnappmesser am Körper, in verschiedenen Halftern und Scheiden. Ich überlegte einen Moment, ob ich die Waffen mitnehmen sollte, aber letztendlich entschied ich mich, sie zu lassen, wo sie waren. Der Wachmann würde sie in nächster Zeit kaum benutzen, und ich sollte mich der nächsten Konfrontation lieber mit Worten – und klugem Denken – entziehen, als einen Kampf zu riskieren. Außerdem war ein glaubwürdiges Abstreiten oft ein kluger Schachzug für eine Spionin … aber Taschen voller Waffen bei einer Kellnerin waren weder glaubwürdig noch konnte ich sie abstreiten. Allerdings schnappte ich mir das Funkgerät des Mannes und befestigte es an meinem Gürtel, um die Gespräche der anderen Wachen zu belauschen und so vielleicht vorgewarnt zu werden, falls ich doch noch auf den Überwachungsmonitoren auffallen sollte.

Mir fehlte die Zeit, das Chaos zu beseitigen, also schob ich das

Tablett und die größten Scherben mit dem Fuß unter einen nahestehenden Tisch. Ein paar Scherben gab es bei jeder Party. Ein Bewusstloser aber war schwerer zu erklären, also beugte ich mich vor, schob die Hände unter die Achseln des Mannes und zerrte ihn zum nächstgelegenen Zimmer.

Der riesige Kerl war sogar noch schwerer, als er aussah. Es kostete mich all meine Kraft, ihn überhaupt zu bewegen. Wäre der Boden nicht so glatt gewesen, hätte ich es wahrscheinlich nie geschafft, also schickte ich in Gedanken einen Dank an die Person, die hier gewischt und gewienert hatte.

Ich brauchte fast eine Minute, aber letztendlich gelang es mir, den Wachmann in ein nahe gelegenes Bad zu zerren, in dem es keine Kameras gab. Dort schaffte ich es irgendwie, ihn in die altmodische Badewanne mit Löwenfüßen zu hieven. Im Anschluss daran zog ich den roten Vorhang vor die Wanne. Damit war er zum größten Teil verborgen, auch wenn der Kerl so groß war, dass seine Füße über den Wannenrand herausstanden, als wäre ein Zinnsoldat im Porzellanbecken ertrunken.

»Charlotte?«, erklang Desmonds Stimme in meinem Ohr. »Bist du in Position?«

Ich atmete ein paarmal tief durch. »Bin dran. Gib mir noch neunzig Sekunden, dann mach das Licht aus.«

»Roger.«

Ich streckte vorsichtig den Kopf aus dem Bad. Niemand hielt sich im Flur auf, und auch auf der Treppe gab es keine Bewegung, daher schloss ich die Tür hinter mir. Ich mochte meine Requisiten aus Tablett und Champagner verloren haben, ohne sie konnte ich mich aber um einiges schneller bewegen, sodass es nicht lange dauerte, bis ich vor Elsas Büro stand.

In diesem Teil der Burg gab es keine Kameras, also legte ich die Hand an den Türknauf. Verschlossen, wie erwartet. Sofort hob ich die silberne Uhr an meinem Handgelenk vor das Schlüsselloch. Die Uhr war ein weiteres Gadget aus der Waffenkammer. Sie enthielt einen starken Magneten, mit dem man verschiedenste Dinge anstellen konnte. Ich drehte das Uhrenblatt nach rechts und aktivierte damit den Magneten.

Klick.

Das Metallschloss der Tür löste sich. Doch statt sofort in den Raum zu treten, blieb ich im Flur stehen und wartete auf Desmond. Nach den Plänen, die ich studiert hatte, war Elsas Büro so verkabelt, dass das Sicherheitsteam der Burg jedes Mal Meldung erhielt, wenn die Tür geöffnet wurde – außer der Strom fiel aus und das Security-System musste neu starten.

Die Lichter flackerten einmal, zweimal, dreimal, dann verloschen sie ganz.

Ich grinste in der Dunkelheit. »Gut gemacht, Dundee.«

Desmond antwortete nicht. Seltsam, aber ich hatte zu arbeiten, also drehte ich den Knauf und glitt ins Büro.

Mein Herzschlag beschleunigte sich, und ich empfand eine berauschende Mischung aus Aufregung und Entschlossenheit. Das Schwerste hatte ich hinter mir. Jetzt wurde es Zeit, die Informationen zu finden, die Desmond und mich zu Henrika Hyde und all den Antworten über potenzielle Verräter in unseren eigenen Reihen führen würden. Die uns Antworten darauf liefern würden, wer genau dem Syndikat angehörte und was genau meinem Vater auf dieser letzten Mission für die Section 47 zugestoßen war.

Ich zog die Tür hinter mir zu und verriegelte sie. Ein paar Sekunden später ging das Licht wieder an und erhellte das riesige Büro. Wandbehänge, Karten und Gemälde zierten die Wände. Deckenhohe Bücherregale aus dunklem Holz umrahmten einen weißen Marmorkamin, der so groß war, dass ich aufrecht hätte hineingehen können. Hinter einem schützenden Gitter flackerten fröhliche Flammen, die ein angenehmes Licht warfen und dem zugigen Raum etwas Wärme schenkten.

Genau wie der Rest der Burg war auch Elsas Büro entsprechend der Jahreszeit dekoriert. Girlanden aus frischen Tannenzweigen mit silbernen Schleifen und weißen Lichterketten wanden sich über die Bücherregale, und auf den Tischen standen Körbe mit farbenfrohen Glaskugeln. In der Ecke zwischen einem Bücherregal und einer Glastür, die auf eine Terrasse hinausführte, standen zwei lebensgroße Nussknacker-Figuren mit Geschenken in den Händen. Sie trugen blaue Jacken – genau wie ich. Zitternd wandte ich mich von ihrem breiten Grinsen ab.

Mir blieb nicht viel Zeit, bis die Security-Anlage ihren Neustart beendet hatte, also eilte ich zu dem Schreibtisch im vorderen Teil des Raums und ließ mich in den grünen Ledersessel sinken.

Der Schreibtisch war massiv, fast zwei Meter breit, aus schwerem Holz mit Bronzebeschlägen. Ein Monitor, ein Festnetztelefon, mehrere Aktendeckel, ein paar gerahmte Porträts, ein paar nicht zueinanderpassende Tassen voller Stifte. Ich ignorierte den üblichen Büro-Krimskrams und öffnete den Laptop, der in der Mitte stand. Das Gerät erwachte surrend zum Leben und fragte nach einem Passwort sowie einem Fingerabdruck. Wieder einmal zog ich die silberne Röhre aus der Tasche. Diesmal öffnete ich den Deckel und enthüllte damit einen USB-Stick, den ich in den Laptop schob.

Es erklang ein Surren, als die Entschlüsselungssoftware von dem Stick auf das Gerät übertragen wurde. Die Aufforderung, den eigenen Finger zu scannen, wurde von einem neuen *Log-in*-Fenster ersetzt. Ich gab meinen Section-47-Benutzernamen und mein Passwort ein, und sofort erschien der Home-Bildschirm des Laptops.

»Danke dir, Diego«, murmelte ich.

Diego Benito gehörte zu den besten IT-Technikern der Section 47. Vor ein paar Tagen hatte ich ihn um einen Stick gebeten, der es mir erlaubte, biometrische und andere Sicherheitsmaßnahmen zu umgehen – alles, was eben nötig war, um Zugriff auf Elsa Eisens Laptop zu erhalten. Natürlich hatte er gefragt, um welche Mission es ging, aber ich hatte ihm kaum Details geliefert. Diego wirkte zwar vertrauenswürdig, aber ich wollte vorsichtig bleiben, bis ich sicher wusste, dass es keine weiteren Verräter in der Section 47 mehr gab.

Als Erstes ging ich ins Internet und lud den gesamten Inhalt des Laptops in meine eigene, verschlüsselte Cloud. Dann wiederholte ich den Vorgang und lud alles noch mal in eine Cloud, auf die nur Desmond, Gia und Evelyn Zugriff hatten. Und weil man wirklich nie zu viele Sicherungskopien haben konnte – und ich an galoppierender Paranoia litt –, kopierte ich die Daten gleich noch auf den Stick.

Während der Download lief, durchsuchte ich den Schreibtisch. Noch mehr Aktenmappen, Kugelschreiber und Bleistifte. Ein paar Scheren. Mehrere silberne Brieföffner. Ein angeschlagener Tacker, der schon bessere Tage gesehen hatte. Nichts von Interesse. Außerdem klopfte ich die Schubladen ab, aber der Schreibtisch bestand wirklich nur aus massivem Holz, ohne irgendwelche Geheimfächer. Schade. Ich *liebte* Geheimverstecke.

Der Download auf den Stick lief noch, also öffnete ich ein Suchfenster auf dem Laptop und tippte Henrika Hyde ein.

Dutzende und Aberdutzende Dateien wurden aufgelistet. Einige davon waren vor über zwanzig Jahren erstellt worden. Henrika hatte schon viel länger Kontakt zur Eisen-Familie, als mir klar gewesen war. In den letzten Jahren hatte sie überwiegend mit dem Bruder von Elsa, Peter Eisen, kommuniziert, nicht also mit dem offiziellen Oberhaupt der Familienfirma. Seltsam.

Ich öffnete ein paar der Dokumente. Das meiste waren Auktionsrechnungen, Überweisungsbelege und Lieferbestätigungen, auf denen die seltenen, kostbaren, teuren Gegenstände aufgelistet wurden, die Peter für Henrika aufgespürt, gekauft und eingelagert hatte. Bei Henrikas überbordender Begeisterung für Schmuck war es wenig überraschend, dass es sich bei den meisten Gegenständen um Ringe, Ketten und Armbänder sowie geschliffene und ungeschliffene Edelsteine handelte. Aber es gab auch Dokumente zu einigen Gemälden, Statuen und Büchern.

Ich lehnte mich im Stuhl zurück und öffnete den Blick, ohne mich auf etwas Bestimmtes zu fokussieren. Für jeden anderen hätte der Bildschirm ganz normal ausgesehen, aber meine Synästhesie schaltete sich ein, und verschiedene Farben erschienen, als hätte jemand Tinte auf ein leeres Blatt Papier gekippt.

Viele der Worte blieben einfach schwarz, wodurch mir signalisiert wurde, dass sie der reinen und absoluten Wahrheit entsprachen, doch ein paar Stellen mit Tipp- und Kommafehlern färbten sich grau. Je länger ich hinsah – und je mehr Dokumente ich öffnete –, desto mehr Pink erschien, das auf größere Fehler hinwies. Und dann war da noch das Rot, das auf gewichtige Fehler, absichtliche Manipulationen, Betrug und Unterschlagung hinwies.

Und es gab eine Menge Rot.

Einige der Rechnungen, Überweisungsquittungen und Lieferbescheinigungen bestanden aus fast nichts anderem. Ich rechnete halb damit, dass die Farbe gleich über den Bildschirm fließen und auf den Schreibtisch tropfen würde, als würden die Worte und Nummern bei meiner genaueren Untersuchung vor Nervosität Blut und Wasser schwitzen.

So unerwartet und seltsam dieses Meer aus Rot auch war, mir fehlte die Zeit, um durch eine genauere Analyse herauszufinden, was hier im Busch war. Außerdem waren mir Peter Eisens finanzielle Spielchen vollkommen egal. Mich interessierte nur, wie mir die Dokumente helfen konnten, Henrika Hyde aufzuspüren.

Ich klickte mich durch ein paar weitere Dokumente, konnte aber nichts entdecken, was mich direkt zu Henrika führte. Keine Penthouse-Adresse, an die Peter die kostbaren, wissenschaftlichen Bücher geschickt hatte, die er bei Auktionen für die Unternehmerin erstanden hatte. Keine Landhäuser, die mit den Gemälden ausgestattet worden waren. Keine Jachten, die in irgendeinem Hafen ankerten und darauf warteten, dass ungeschliffene Diamanten geliefert wurden. Nichts, was ich nicht schon gewusst hatte.

Der Download war endlich abgeschlossen, also zog ich den Stick aus dem Laptop und schob den falschen Lippenstift zurück in die Hosentasche. Ich wollte den Laptop gerade schließen, als mir ein Dokument in der unteren rechten Ecke des Desktops auffiel. Es trug den Titel »Abschließender Unfallbericht«.

Neugierig geworden öffnete ich die Datei. Es erschien ein Foto: zwei Leute in einem zerquetschten Auto, deren Körper übel verbrannt waren.

Ich wurde bleich, zwang mich aber, das grauenhafte Bild genauer zu betrachten und mir die dazugehörigen Informationen durchzulesen. Das Foto war an dem Ort geschossen worden, an dem vor ungefähr einem halben Jahr Peter Eisen und seine Ehefrau Claire bei einem Unfall ums Leben gekommen waren. Laut dem Polizeibericht war Peter von New York City zum Landhaus der Familie in den Hamptons unterwegs gewesen, als sein Auto auf nasser Straße ins Rutschen geraten und gegen einen Baum geknallt war. Das Auto war beim Aufprall in Flammen aufgegangen, sodass auf dem Bild nur noch das verkohlte Metall und die verbrannten Leichen zu sehen waren.

Ich wollte die Datei schon wieder schließen, doch irgendetwas brachte mich dazu, mich vorzulehnen und mir den Bericht noch einmal genauer anzuschauen. Alle Worte blieben schwarz, was darauf hinwies, dass die Person, die den Bericht geschrieben hatte, von der Wahrheit der Erkenntnisse überzeugt gewesen war. Doch ich konnte mich des Eindrucks nicht erwehren, dass ich irgendetwas übersah. Mein Blick fiel erneut auf das Foto von Peter und Claire, und da wurde mir klar, was mich an dem Bild störte: ihre Haut.

Um genau zu sein: die hellrote, seltsam glänzende Färbung ihrer Haut.

Mein Magen hob sich, Galle stieg mir in die Kehle. Ich hatte solche Verbrennungen schon einmal gesehen, in einem geheimen Bericht der Section 47 – auf einem Foto, das Desmond gezeigt hatte, wie er unter der Leiche von Graham Walker herauskroch, nachdem Adrian Anatoly versucht hatte, die zwei Cleaner umzubringen, und dabei einen ganzen Strand in die Luft gejagt hatte.

Nur eine Sache erzeugte solche hell leuchtenden, grauenhaft glänzenden Verbrennungen: Redburn, Henrika Hydes neu entwickelter Sprengstoff.

Ich fiel so heftig in den Stuhl zurück, dass er protestierend quietschte. Peter und Claire Eisen waren nicht bei einem normalen Autounfall ums Leben gekommen. Das Paar war von der Straße gedrängt worden … und dann hatte jemand Henrikas Redburn-Sprengstoff eingesetzt, um ihr Auto in die Luft zu sprengen, während sie noch darin gesessen hatten.

Was für eine schreckliche Art zu sterben!

Ich schüttelte mich, dann schloss ich die Datei. Tausend Fragen schwirrten mir im Kopf umher. Wer hatte Peter und seine Ehefrau getötet? Henrika Hyde? Oder jemand anderes? Und warum wurde Redburn verwendet? Hatte Henrika ihre teure Formel bereits an den Höchstbietenden verkauft?

Jede Frage warf zwei weitere auf, aber mir lief die Zeit davon.

Ich musste das Büro verlassen und zur Party zurückkehren, bevor irgendjemand den betäubten Wachmann im Bad entdeckte …

Peng!

Peng! Peng!

Peng!

Ich erschrak und richtete mich im Stuhl auf, um zu lauschen. Sofort folgte eine weitere Salve.

Peng!

Peng! Peng!

Peng!

Obwohl der Schall durch die dicken Wände und die langen Flure verzerrt war, konnte ich diese Geräusche identifizieren. Ich hatte sie oft genug gehört, sowohl als Kind bei Trainingseinheiten mit meinem Vater als auch während meines Erwachsenenlebens als Angestellte der Section 47.

Schüsse.

4

Desmond

Dunkelheit legte sich über den Ballsaal wie ein schwarzer Vorhang. Ich hörte überraschtes Keuchen und besorgtes Murmeln. Die Gäste blieben sitzen, mehrere Leute zogen Handys aus den Taschen und verwendeten sie als Taschenlampen.

Ich presste den Rücken gegen die nächste Wand und griff erneut nach dem Stromfluss in den Leitungen. Vielleicht konnte ich meinen Galvanismus einsetzen, um die Sicherungen wiederherzustellen …

Das Licht ging wieder an. Das besorgte Murmeln verklang, aber ich ließ den Blick durch den Ballsaal huschen. Die Gäste auf ihren Stühlen vor der Bühne, das Wachpersonal an der Wand, die Kellnerinnen und Kellner vor den Serviertischen im Hintergrund: Alles sah genauso aus wie zuvor, trotzdem war mir unwohl zumute. Irgendetwas stimmte nicht.

»Ladys und Gentlemen«, rief eine laute Stimme. »Wenn ich um Ihre Aufmerksamkeit bitten dürfte.«

Gemeinsam mit allen anderen richtete ich meinen Blick auf die Bühne.

Katarina Tanetsa stand in der Mitte der Fläche, immer noch in ihrem Zuckerfee-Kostüm. Allerdings hatte sie während des Stromausfalls ihr glitzerndes Kleid durch ein neues Accessoire ergänzt: einen großen, silbernen Revolver.

Alle schnappten nach Luft. Die Tänzer auf der Bühne erstarrten, als wären sie Marionetten, deren Fäden sich verknotet hatten, sodass sie jetzt gefesselt waren.

Fluchend setzte ich mich in Bewegung, obwohl ich mich zu weit von der Bühne entfernt befand, um Katarina zu stoppen, falls sie vorhatte, Leute zu erschießen. Im vorderen Teil des Saals trat Gabriel ebenfalls vor. Er hielt direkt auf Elsa und Lina zu, die genau wie die Gäste immer noch auf ihren Stühlen saßen. Die Wachmänner reagierten viel langsamer, aber auch sie griffen nach ihren Waffen, die Augen auf die Ballerina gerichtet.

Ich hatte den Ballsaal halb durchquert, als bewaffnete Männer im Smoking durch die offen stehende Doppeltür vor mir stürmten. Ein paar der Wachen wirbelten herum, zogen ihre eigenen Pistolen und zielten in dem Versuch, die Angreifer zu stoppen.

Peng!

Peng! Peng!

Peng!

Die Angreifer feuerten, und vier der Wachmänner sanken zu Boden. Ihr Blut spritzte auf die glänzende, weiße Marmorfläche.

Peng!

Peng! Peng!

Peng!

Noch mehr Wachen sanken zu Boden. Die Angreifer ließen sich nicht aufhalten, sondern traten einfach über die Leichen hinweg und strömten weiter in den Saal wie ein tödlicher Fluss.

Ich wechselte die Richtung und beschleunigte meine Schritte, wobei ich auf den Angreifer zuhielt, der mir am nächsten war. Der Abstand zwischen uns betrug vielleicht noch fünf Meter.

Vier Meter … drei …

Der Gangster wirbelte herum und riss die Waffe hoch. Ich war noch zu weit entfernt, um ihm zu Leibe zu rücken, ohne erschossen zu werden, also konnte ich nur mit einem Ruck stehen bleiben und kapitulierend die Hände heben.

Den Gästen dämmerte langsam, was vor sich ging. Einige von ihnen fingen an zu schreien. Die meisten allerdings warfen sich auf den Boden, um sich hinter den Stühlen zu verstecken. Andere sprangen voller Panik auf. Aber sie waren bereits umzingelt, und eine Flucht war ausgeschlossen.

Im hinteren Teil des Ballsaals rannten einige Köche und Kellnerinnen zur Küchentür, anscheinend war sie aber verschlossen. Genau wie für die Gäste gab es auch für das Personal kein Entkommen.

»Charlotte!«, rief ich über die Schreie hinweg. »Charlotte!«

Sie antwortete mir nicht. Stattdessen vernahm ich nur eine unheimliche Stille. Anscheinend hatten die Gangster nicht nur das Licht ausgeschaltet, sondern auch einen Störsender aktiviert. Keine Handys, keine Funkübertragung … und damit auch keine Möglichkeit, Charlotte zu warnen.

»Beweg dich«, knurrte der Gangster vor mir und deutete mit seiner Waffe nach vorn. »Jetzt! Oder ich schieße dir eine Kugel ins Gesicht.«

Ich war in jeder Hinsicht unterlegen, also blieb mir keine andere Wahl, als mich zu den anderen in die Mitte des Ballsaals treiben zu lassen.

Die Gangster waren gut organisiert und selbstbewusst, also kostete es sie weniger als eine Minute, um die restlichen Wachleute zur Kapitulation zu zwingen und die Kontrolle über den Ballsaal zu übernehmen. Es handelte sich offensichtlich um professionelle Söldner. Und bei der Energie, die von ihnen ausstrahlte, waren alle Männer Paranormale.

Einige der Söldner nahmen den Wachleuten die Pistolen ab und fesselten sie an Händen und Füßen. Die verbliebenen Gangster zwangen alle Gäste, Köchinnen, Köche, Kellnerinnen und Kellner sowie die Tänzerinnen auf die Stühle vor der Bühne.

Es gelang mir, mich am Rand der Menge zu halten, sodass ich zwischen den Gästen und den umstehenden Gangstern stand. Gabriel hatte auf der anderen Seite des Raums eine ähnliche Position eingenommen, neben Elsa und Lina Eisen.

Er nickte mir zu, und ich erwiderte die Geste.

Wir hatten noch nie zusammengearbeitet, aber wir waren beide erfahrene Spione, Cleaner der Section 47 mit einer jahrelangen Ausbildung. Wir hatten beide Dutzende Missionen – und Tötungen – auf dem Buckel. Sobald sich einem von uns eine Gelegenheit bot, würde er sie ergreifen ... und der andere würde ihm beistehen, wie auch immer das möglich war.

Ich hoffte inständig, wir würden verhindern können, dass noch weitere Personen getötet wurden.

Sobald alle Geiseln saßen, begann Katarina, auf der Bühne auf und ab zu tigern, den Revolver immer noch in der Hand. Sie sah von einer Person zur nächsten, dann verzog sie angewidert den Mund, und ihre Aura nahm dieselbe intensive, pflaumenblaue Färbung an wie ihr Kostüm. Die strahlende Färbung und die starke Energie, die von ihr ausging, verrieten mir, dass Katarina Tanetsa alles Nötige tun würde, um zu bekommen, was sie wollte – auch alle Anwesenden ermorden.

»Charlotte?«, flüsterte ich, fast ohne die Lippen zu bewegen. »Charlotte?«

Wieder einmal hörte ich nur dieses unheimliche, summende Schweigen. Immer noch kein Funkkontakt möglich. Ich wollte wissen, wo Charlotte sich befand. Machte mir Sorgen, dass sie in Schwierigkeiten steckte – vor allem, falls andere Söldner durch die Burg streiften. Dennoch drängte ich diese Gefühle zurück. Zuerst einmal musste ich mich und alle im Ballsaal in Sicherheit bringen. Dann konnte ich losziehen und Charlotte suchen.

Katarina stoppte in der Mitte der Bühne und lächelte selbstgefällig. »Hat Ihnen das Ballett gefallen?«, fragte sie mit melodischem, russischem Akzent. »Ich wette, das Ende war nicht ganz das, was Sie erwartet hatten.«

Sie lachte über ihren eigenen, schlechten Witz. Bei dem spöttischen Geräusch zuckten mehrere Leute zusammen.

Katarina nickte einem der Söldner zu. Er steckte seine Pistole ins Halfter und trat vor. Der Kerl war riesig, er ragte fast zwei Meter hoch auf, und sein Körper bestand quasi nur aus Muskeln, sodass er aussah wie eine Ziegelmauer in einem Smoking. Er hatte kurz geschnittenes, schwarzes Haar, dunkelbraune Augen und eine rötliche Haut. Die ungleichmäßige Form seiner Nase verriet, dass sie schon mehrfach gebrochen worden war.

Der Gangster machte eine Geste in Richtung der Bühne. Sofort kletterte ein kleinerer Mann mit blondem Haar, blauen Augen und gebräunter Haut auf die Plattform. Dieser zweite Gangster schnappte sich einen großen, roten Samtsack mit weißem Pelzbesatz, der unter dem Christbaum gelegen hatte, und sprang wieder von der Bühne.

»Mein Freund Vlad und sein Helfer Emilio werden jetzt Schmuck, Handys, Uhren und Geldbeutel bei Ihnen einsammeln«, rief Katarina. »Betrachten Sie es als Spende an den Weihnachtsmann, damit er bedürftige Mädchen und Jungen beschenken kann.«

Wieder lachte sie fröhlich, und einige der Söldner teilten ihre Erheiterung.

Vlad und Emilio begannen, die Reihen auf meiner Seite des Saals abzugehen. Die meisten Leute kooperierten. Einige der paranormalen Kriminellen warfen den Söldnern missmutige Blicke zu, aber sie wussten, dass sie keine Chance hatten, also gaben auch sie ihre Wertgegenstände ohne Protest ab.

Unauffällig zog ich meine Uhr aus der Westentasche und ließ

sie in meinem linken Ärmel verschwinden. Ich hatte nicht vor, die einzige Waffe aufzugeben, die ich besaß. Mein Großvater Percival hatte mir die Uhr geschenkt, als ich noch ein kleiner Junge gewesen war … und ich gedachte, sie genau so einzusetzen, wie er es beabsichtigt hatte –, um damit Leute zu töten.

Wenig später kamen Vlad und Emilio zu mir. Ich reichte ihnen mein Handy und den Geldbeutel, dann deutete Vlad auf meine Fliege. »Hübscher Diamant. Nimm ihn ab.«

Ich zuckte mit den Achseln. »Klar, aber du solltest wissen, dass er falsch ist.«

Er kniff die dunklen Augen zusammen. »Das glaube ich dir nicht.«

Ich zuckte wieder mit den Schultern. »Nimm ihn dir.«

Er rammte mir die Faust ins Gesicht.

Vlad war groß und durchtrainiert, sein Schlag zeugte aber auch von einer besonderen, paranormalen Stärke. Es war, als hätte er mir einen Vorschlaghammer gegen das Kinn gehauen. Wahrscheinlich war Vlad ein Enduro – jemand, der besondere Ausdauer besaß – und war zusätzlich noch mit einer Extraportion Stärke ausgestattet. Wunderbar! Das Ganze war ja noch nicht vertrackt genug.

Vlads harter Schlag schleuderte mich aus dem Stuhl. Kaum knallte ich auf den Boden, machte er einen Schritt vor und trat mir in die Rippen. Ich stöhnte und wand mich wie ein Fisch an Land. Trotzdem, so schmerzhaft Vlads Angriffe auch sein mochten, sie schickten gleichzeitig Energie durch meinen Körper. Neben Elektrizität konnte ich auch kinetische Energie nutzen – selbst wenn diese Energie aus einem Angriff gegen mich kam.

Der Gangster trat noch einmal zu. Wieder schossen Schmerzen und Energie durch meinen Körper. Ich stöhnte noch mal und rollte mich zur Seite, als hätte ich Angst vor ihm. In Wirklichkeit hatte mein Blick ein Ziel erfasst: einen Desserttisch, der nicht allzu weit entfernt an der Wand stand.

Vlad folgte mir und trat mich wieder. Diesmal nutzte ich die Energie des Tritts, um über den Boden zu rutschen, bis ich gegen eines der Tischbeine knallte.

Über meinem Kopf fielen mehrere Gläser um, sodass Champagner auf mich herabregnete. Zeitgleich stürzten ein paar Teller zu Boden und zersprangen in Stücke. Leute schrien, einige schluchzten verängstigt.

Ich ignorierte den Aufruhr genauso wie den selbstgefällig grinsenden Vlad, der über mir stand. Stattdessen schob ich meine Hand in den Schatten des Tisches. Meine Finger schlossen sich um eine winzige Dessertgabel, die ebenfalls heruntergefallen war. Jetzt hatte ich zwei Waffen in meinem Besitz. Fehlte nur noch eine Gelegenheit, sie einzusetzen …

Finger gruben sich in den Rücken meines Jacketts und rissen mich auf die Beine. Zwei Gangster wirbelten mich herum, dann umklammerten sie meine Oberarme, damit ich mich nicht rühren konnte.

Vlad riss mir die Fliege mit dem falschen Diamanten vom Hals und reichte sie Emilio, der sie grinsend in seinem rotem Samtsack verschwinden ließ.

Vlad schenkte mir ein schiefes Lächeln. »Ich wette, die Tritte in die Rippen haben sich total echt angefühlt.«

Ich konzentrierte mich darauf, Luft in meine Lunge zu zwingen, während ich gleichzeitig die letzten Reste der kinetischen Energie seiner Angriffe nutzte, um den scharfen Schmerz in meinen Rippen zu dämpfen. Sollte der arrogante Bastard doch triumphierend herumkrähen. Der Söldner hatte einfach noch nicht verstanden, mit wem er es zu tun hatte … aber das würde ich ihm schon bald zeigen.

Vlad grinste auf mich herunter, dann nickte er einmal. Die

Gangster, die mich festhielten, setzten sich in Bewegung und zwangen mich erneut auf meinen Stuhl.

Auf der anderen Seite des Ballsaals rutschte Gabriel an den Rand seines Sitzes, als wollte er aufspringen und die Söldner angreifen. Ich schüttelte leicht den Kopf, dann sah ich pointiert nach links. Gabriel drehte den Kopf ebenfalls in diese Richtung. Ein Söldner blickte ihn unverwandt an, die Pistole schussbereit erhoben. Gabriel erstarrte, Frust und Wut ließen seine graue Aura pulsieren.

Erneut breitete sich Stille im Ballsaal aus.

»Nun, das war ein wirklich amüsantes Zwischenspiel«, merkte Katarina an. »Aber die Show muss weitergehen. Und es wird Zeit, dass wir uns holen, wofür wir hergekommen sind.«

Sie sprang von der Bühne und ging mit großen Schritten zu der Vitrine mit dem Nussknacker-Rubin, wo sie ihre Pistole in den hinteren Bund ihres Kostüms schob, um dann mit der Faust auf die Vitrine einzuschlagen. Das dicke Acrylglas brach. Die Ballerina riss die Reste des Sicherheitsglases weg, als wäre es nur Papier.

Ich war überrascht und alarmiert. Katarina Tanetsa war ebenfalls eine Enduro … und sie war noch stärker als Vlad.

Katarina schnappte sich den Platinring von dem weißen Samtpodest und hielt ihn ans Licht. Sie musterte ihn ein paar Sekunden lang, dann stieß sie ein angewidertes Schnauben aus und warf ihn zu Boden. Sie stellte sich auf die Zehenspitzen, hob elegant das rechte Bein und ließ es nach unten sausen.

Mit den Zehenspitzen hämmerte sie auf den Ring ein. Einmal, zweimal, dreimal.

Knack!

Der Nussknacker-Rubin zerbrach.

Eine entgeisterte Stille ergriff Besitz vom Saal. Alle wirkten schockiert – alle außer Elsa, die nur die Zähne zusammenbiss.

Anmutig trat Katarina eines der größeren Stücke zur Seite. »Der berühmte Nussknacker-Rubin, den zu bewundern Sie alle so viel Geld bezahlt haben, ist nur ein hübsches Stück Glas.« Sie schnalzte wie mitfühlend mit der Zunge. »Also wirklich, Elsa. Wie enttäuschend! Von jemandem, dessen Beruf es ist, Antiquitäten zu begutachten, hätte ich eine bessere Fälschung erwartet.«

Alle Blicke richteten sich auf Elsa, die jetzt langsam aufstand. Wut ließ ihre Wangen in demselben Rot leuchten wie die Scherben auf dem Boden.

»Was willst du?«, blaffte sie. »Was soll dieses ganze Spektakel?«

Ein grausames Lächeln verzog Katarinas Lippen. »Ich will allen zeigen, wie hinterhältig und heuchlerisch die Eisen-Familie in Wahrheit ist. Du übertriffst damit sogar Diebe wie mich, Elsa.«

Mehrere Gäste brummten wütend und zustimmend – besonders die paranormalen Kriminellen. Sie alle hatten den Rubin für echt gehalten … und niemand wurde gern betrogen.

Katarina deutete mit dem Kopf zum Haupteingang. »Lass uns einen kleinen Spaziergang machen.«

Elsa schob das Kinn vor. »Und wenn ich mich weigere?«

Vlad riss die Pistole aus dem Gürtel, trat vor und richtete den Lauf auf Linas Kopf.

»Dann wird mein Freund deine süße, kleine Nichte erschießen«, antwortete Katarina gefährlich beiläufig. »Deine Entscheidung.«

Lina keuchte. Sie wurde bleich vor Angst, ihre blauen Augen traten fast aus den Höhlen, und sie sah immer wieder von der Pistole zu ihrer Tante und zurück. Maria, die Kellnerin, die neben ihr saß, legte sofort schützend den Arm um die Schultern des Mädchens.

Neben den beiden rutschte Gabriel erneut auf seinem Stuhl herum und bewegte die Finger. Er machte sich bereit, aufzuspringen und Vlad zu Boden zu reißen, um Lina und Maria zu retten, auch wenn diese waghalsige Aktion ihn wahrscheinlich umbringen würde. Meine Achtung für Gabriel Chase stieg.

»Sie ist noch ein Kind!«, blaffte Elsa. »Sie weiß gar nichts.«

Katarina zuckte mit den Achseln. »Mir ist vollkommen egal, was sie weiß oder nicht weiß. Mir geht es nur darum, das zu bekommen, wofür ich hergekommen bin – den *echten* Nussknacker-Rubin. Also, wirst du ihn mir geben, oder müssen meine Leute erst noch ein paar Geiseln erschießen?«

Emilio trat vor, hob die Waffe und richtete sie auf meinen Kopf. Ich packte die Dessertgabel fester, die ich immer noch in der rechten Hand verbarg. Genau wie Gabriel würde ich den Söldner attackieren, falls er versuchte, mich oder jemand anderen zu erschießen.

»Schön«, stieß Elsa hervor. »Du hast gewonnen.«

»Das tue ich immer«, schnurrte Katarina. »Elsa und ich werden einen kleinen Spaziergang durch ihre schöne Burg unternehmen. Der Rest von euch? Ihr bleibt brav hier. Die Vorstellung ist noch nicht vorbei ... und glaubt mir, das große Finale wollt ihr nicht verpassen.«

Die Ballerina lachte fröhlich, dann rauschte sie aus dem Saal. Vlad wedelte mit der Waffe vor Elsa herum: eine klare Aufforderung, der anderen Frau zu folgen.

»Es ist okay, Lina!«, rief Ella mit einem angestrengten Lächeln. »Tu einfach, was dir gesagt wird, und alles wird gut. Okay?«

Lina nickte heftig, wobei ihr ein paar Tränen über die runden Wangen rannen. Elsas verzweifeltes Lächeln brach und verschwand. Sie schenkte ihrer Nichte noch einen langen Blick, dann verließ sie den Ballsaal. Vlad folgte ihr auf dem Fuße.

Emilio senkte die Waffe und machte eine kreisförmige Bewegung mit der linken Hand. Sofort traten ein paar andere Söldner vor und schlossen die Türen, um uns einzusperren.

Mein Blick huschte durch den Saal, und ich schätzte schnell die Situation ein und bewertete jegliche Bedrohung, so wie ich es bei jeder anderen Mission der Section auch getan hätte, wenn sie aus dem Ruder gelaufen wäre. Mehr als dreihundert Geiseln und über ein Dutzend Söldner – alles Paranormale, die mit Pistolen bewaffnet und bereit waren, jeden zu töten, der einen Fluchtversuch wagte.

Ich sah zu Gabriel, der mir ein klägliches Lächeln schenkte. Er war zum selben Schluss gekommen wie ich: Es konnte sein, dass wir diese Mission nicht überlebten.

5

Charlotte

Die Schüsse verklangen. Stattdessen breitete sich eine leere, unheimliche Stille aus.

»Desmond? Desmond!«, zischte ich, doch er antwortete nicht.

Das leise Knistern in meinem Ohr verriet mir, dass unsere Kommunikation auf irgendeine Weise blockiert wurde.

Plötzlich fiel mir wieder ein, was der Mann vorhin gesagt hatte, bevor ich ihn betäubt hatte. *Ich habe eine Herumtreiberin in einem anderen Teil der Burg. Soll ich sie zurück in den Ballsaal bringen oder mich gleich hier um sie kümmern?*

Das war kein normaler Wachmann gewesen. Deswegen hatte er kein Handy und keinen Ausweis bei sich getragen. Er gehörte zu der wie auch immer gearteten, feindlichen Gruppierung, die diese Schüsse abgegeben hatte – wahrscheinlich im Ballsaal, denn dort hielten sich ja alle Gäste auf … Elsa Eisen, Gabriel und Desmond eingeschlossen.

Ich knallte den Laptop zu, sprang auf die Beine und eilte zur Bürotür. Ich musste in den Saal zurückkehren und herausfinden, was dort vor sich ging. Ich musste sicherstellen, dass es Desmond gut ging …

»Das Büro ist gesichert«, erklang eine tiefe Männerstimme auf der anderen Seite der dicken Holzplatte. »Genau wie der Rest der Burg. Es sind alle unten im Ballsaal eingesperrt. Der Weg zum Büro ist frei. Wir werden draußen anfangen.«

Meine Hand erstarrte am Knauf, und mir schlug das Herz bis zum Hals. Danach wurde nicht mehr gesprochen, aber ich hörte leise Schritte, die sich entfernten.

Ich ließ den Knauf los und zog mich langsam von der Tür zurück, um so wenige Geräusche zu erzeugen wie möglich. Irgendjemand war auf dem Weg zum Büro. Ich wollte nicht mehr hier sein, wenn diese Person ankam, also eilte ich zu den Terrassentüren auf der anderen Seite des Zimmers. Ich streckte die Hand nach der Klinke aus …

Ein heller Lichtstrahl glitt über die Glasfläche und blendete mich.

Wieder erstarrte ich, doch der Lichtstrahl verschwand schnell. Ich blinzelte gegen die Flecken in meinem Blickfeld an und wartete, aber ich hörte keine Stimmen, also drückte ich die Klinke, öffnete die Tür und schob vorsichtig den Kopf nach draußen.

Die Tür führte auf eine ausladende Terrasse, die über einen kleinen Teich hinwegsah, um den herum schmiedeeiserne Bänke standen. Der Teich selbst schien zugefroren zu sein. Dicke, weiße Flocken trudelten vom Nachthimmel und ließen die Schneedecke, welche die Umgebung verhüllte, immer weiter anwachsen.

Auf einem Hügel am Rand des Waldes jenseits des Teichs zeichneten sich mehrere dunkle Umrisse ab. Ich schlich vorwärts und spähte in die Nacht, bis ich die Formen endlich identifizieren konnte: Schneemobile. Damit mussten die Eindringlinge auf den Berg gekommen sein – statt die Straße oder die Seilbahn zu benutzen und damit die Burgwachen auf sich aufmerksam zu machen. Clever.

Ich ließ den Blick weiter über die Landschaft gleiten. In der Nähe der Schneemobile hielt sich niemand auf, aber irgendjemand lag auf der linken Seite der Terrasse – ein Wachmann.

Ich schlich mich zu ihm, ging in die Hocke und legte einen Finger an seinen Hals. Aber ich fand keinen Puls, und auf seinem weißen Hemd leuchtete ein roter Fleck. Nach der überraschten Miene des Mannes zu schließen, hatte er den Angriff nicht kommen sehen.

Ich tastete ihn ab, aber seine Pistole war verschwunden und andere Waffen besaß er nicht. Warum, warum nur hatte ich dem Mann, den ich vorhin unter Drogen gesetzt hatte, nicht die Waffen abgenommen? Allerdings kannte ich die Antwort bereits: weil diese Mission allein dem Zweck gedient hatte, an Informationen zu kommen. Ich war einfach nicht davon ausgegangen, dass ich eine Waffe brauchen würde.

Erste Regel der Spionage, flüsterte Grandma Janes Stimme in meinem Kopf. *Alles, was schiefgehen kann, wird auch schiefgehen.*

Sie hatte recht. Ich hätte es besser wissen und mir eine Waffe schnappen müssen, als sich mir die Chance geboten hatte … statt davon auszugehen, dass ich mich mit lahmen Lügen und einem freundlichen Lächeln vor Ärger bewahren konnte. Ich verfluchte meine eigene, kurzsichtige Dummheit, doch die Worte wurden vom heulenden Winterwind davongerissen.

»Hey!«, rief jemand. »Gib mir noch mehr von der Sprengschnur!«

Ich stand wieder auf, schlich zur Burgmauer und folgte einigen Fußspuren, die sich dort im Schnee abzeichneten. Dann hielt ich an und spähte vorsichtig um die Ecke.

Drei Männer in Smokings standen vielleicht zehn Meter entfernt, mit Taschenlampen in den Händen. Einer von ihnen zog eine große Trommel mit einer roten Schnur aus einer schwarzen Sporttasche vor seinen Füßen und reichte sie einem anderen Mann. Der rollte die Schnur ab, dann trat ein dritter Mann vor und befestigte sie an einer Tür, die in einen anderen Teil der Burg führte.

Einer der Männer trat zur Seite und gab so den Blick frei auf eine Digitalanzeige. Sie steckte in einer Art weißem Ziegelstein, der ebenfalls an der Tür befestigt war. Mein Magen hob sich, und ich stieß den Atem aus.

Eine Bombe.

Diese Männer verkabelten die Außenseite der Burg mit Sprengschnur und Plastiksprengstoff, als wäre das Zeug nur eine weitere Weihnachtsdeko. Wer auch immer diese Leute waren, sie meinten es ernst – und sie hatten nicht vor, Zeugen zurückzulassen.

Eine Mischung aus Entsetzen und Entschlossenheit stieg in mir auf. Ich musste Desmond erreichen – und Gabriel – und sie über die Bombe informieren. Ohne die drei Männer aus den Augen zu lassen, ging ich rückwärts … und natürlich traf mein Absatz genau auf eine gefrorene Pfütze. Das Eis brach.

Knirsch.

Einer der Männer wirbelte herum und spähte in das Schneetreiben. »Hey. Was war das?«

Zum dritten Mal erstarrte ich. Bei dem Wind konnte er das Geräusch auf keinen Fall gehört haben … außer er war ein Paranormaler mit magisch verstärkten Sinnen.

»Ich habe nichts gehört«, meinte der zweite Mann.

»Ich auch nicht«, erklärte der dritte.

Die beiden machten sich wieder daran, die Sprengschnur aufzuhängen, doch der erste Mann schwenkte immer noch misstrauisch seine Taschenlampe. Auf keinen Fall konnte ich mich an den drei vorbeischleichen, also zog ich mich langsam zurück.

Es gab keine Treppe, die von der Terrasse nach unten führte, und um einfach übers Geländer zu klettern und mich zu Boden fallen zu lassen, war es zu hoch, da hätte ich mir ein paar Knochen gebrochen. Also blieb mir keine andere Wahl, als ins Büro zurückzukehren, das immer noch leer war.

Für den Moment.

Wieder zurück im Raum, probierte ich sofort das Festnetztelefon auf dem Schreibtisch aus. Nichts – kein Freizeichen und nicht mal ein statisches Knistern. Nicht nur der Funkempfang war blockiert, die Eindringlinge hatten offensichtlich auch die Telefone außer Betrieb gesetzt. Mist!

Ich setzte mich wieder an den Schreibtisch und öffnete den Laptop. Zu meiner Überraschung funktionierte das Internet noch, also schickte ich eine SOS-Mail an Gia und Evelyn, obwohl das natürlich kaum etwas helfen würde. Selbst wenn sie die Nachricht sofort lasen, die nächste Niederlassung der Section 47 befand sich in Frankfurt. Die Agenten bräuchten Stunden, um herzukommen, besonders bei diesen winterlichen Wetterbedingungen.

Ich war auf mich allein gestellt.

Ich stieß den Atem aus, dann zog ich den Laptop näher heran. Das Wichtigste zuerst. Ich musste herausfinden, wer genau in die Burg eingedrungen war und was diese Leute wollten – außer alle Anwesenden zu töten. Dank Diegos Decodierungsstick hatte ich immer noch Zugriff auf den Laptop. Die Security-Anlage war inzwischen neu hochgefahren, also konnte ich die Bilder der Kameras im Ballsaal kontrollieren.

Es war sogar noch schlimmer, als ich befürchtet hatte.

Mehr als ein Dutzend Bewaffnete in Smokings – professionelle Söldner, so wie es aussah – hielten Gäste, Tänzerinnen, Tänzer und Servicepersonal als Geiseln.

Elsa Eisen war keine Närrin. Die Security für die Party war engmaschig gewesen, nicht zuletzt, weil der Nussknacker-Rubin ausgestellt werden sollte. Diese Söldner hatten aber trotzdem einen Weg gefunden, die Wachen zu überwältigen und die Kontrolle über die Burg zu übernehmen … was bedeutete, dass sie sehr gut und extrem gefährlich waren.

Ich klickte mich durch weitere Kamerabilder. Gabriel saß neben Lina Eisen und Maria Basu. Sie wirkten unverletzt, also huschte mein Blick zu Desmond, der auf der anderen Seite des Saals saß. Sein blondes Haar war zerzaust, sein Gesicht wirkte verschwollen, und die oberen Knöpfe seines Hemds standen offen, aber er war noch am Leben. Ich atmete erleichtert aus, zitterte zugleich aber vor Anspannung.

Ich ließ mich so heftig im Stuhl nach hinten sinken, dass er protestierend knirschte. Meine Gedanken rasten. Ich konnte es nicht mit mehr als einem Dutzend Söldnern aufnehmen. Zumindest nicht in einem körperlichen Kampf. Wie also konnte ich diesen Typen die Tour vermasseln? Welches Druckmittel stand mir zur Verfügung, um mich, Desmond, Gabriel und alle anderen im Ballsaal zu retten? Oder um uns zumindest ein wenig Zeit zu erkaufen, bevor die Agenten der Section kamen?

Denk nach, Charlotte. Denk nach!

Ich klickte mich weiter durch die Kamerabilder, kontrollierte andere Teile der Burg und suchte nach weiteren Söldnern, während ich mich gleichzeitig bemühte, irgendeine brillante Intrige zu spinnen, die uns alle retten konnte.

Eine der Übertragungen zeigte eine große Metalltür. Ich wollte schon zur nächsten Kamera weiterklicken … als mir klar wurde, was ich da sah. Natürlich. Wie hatte ich *das* vergessen können? Das war der wichtigste Teil der Burg.

Mir kam eine Idee. Eilig beugte ich mich vor und fing an zu tippen. Ich verzog das Gesicht, weil ich damit rechnete, dass die Söldner das leise Klappern der Tasten hören und das Büro stürmen würden. Doch es tauchte niemand auf, also arbeitete ich weiter.

Irgendwann erschien eine lange Nummernfolge auf dem Bildschirm. Ich notierte sie mir auf einem kleinen Stück Papier, das ich in die Innentasche meiner Jacke schob. Dann tippte ich weiter. Ein paar Sekunden später erschien ein Eingabefeld auf dem Bildschirm.

Zugangsänderung akzeptieren?

Ich drückte die *Enter*-Taste …

»Wir sollten uns unterhalten«, erklang eine Stimme vor dem Büro.

Der Laptop dachte immer noch über die Eingabe nach, doch ich musste alles so zurücklassen, wie ich es vorgefunden hatte, also blieb mir keine anderen Wahl, als das Gerät zu schließen und inständig zu hoffen, dass der Befehl trotzdem ausgeführt wurde.

Ich wollte nicht mal darüber nachdenken, wie unglaublich tot ich war, sollte es nicht klappen.

Ich sprang auf die Beine und eilte zurück zur Glastür. Eigentlich hatte ich vor, mich auf der Terrasse zu verstecken, aber erneut bohrte sich das Licht einer Taschenlampe in meine Augen, näher und noch heller als vorhin. Ich zischte wie ein Weihnachtswichtel, der in der Dunkelheit aufgeschreckt wird, und zuckte zurück. Durch das Glas konnte ich die drei Söldner sehen, die ihren Sprengstoff inzwischen auf dieser Seite der Burg verteilten.

Wenn ich nach draußen ging, würden die Gangster mich bemerken. Doch dasselbe galt für die Personen, die gleich das Büro betreten würden. Ich musste ein Versteck finden … aber wo?

Wo?

Ich drehte mich mehrmals hilflos im Kreis. Unter dem Schreibtisch würde ich sofort entdeckt werden, und wenn ich mich hinter den Vorhang stellen würde, so wären meine Stiefel zu sehen. Der Kamin wäre vielleicht eine Möglichkeit gewesen, aber da prasselte ein fröhliches Feuer. Ich hatte nicht vor, mich rösten zu lassen wie eine heiße Kastanie, auch wenn das letztendlich vielleicht ein barmherzigerer Tod wäre … je nachdem, wer gleich ins Büro kam.

Etwas Weißes erregte meine Aufmerksamkeit. Ich wirbelte erneut herum, weil ich befürchtete, es würde sich bereits jemand im Raum aufhalten – doch es war nur einer der Nussknacker, der seine strahlend weißen Zähne in einem bissigen Lächeln enthüllte.

Der Knauf begann, sich zu drehen, und die Tür schwang langsam auf.

Meine Zeit war abgelaufen.

6

Desmond

Sobald Katarina, Elsa und Vlad den Saal verlassen hatten, breitete sich wieder ein angespanntes Schweigen aus. Unterbrochen wurde es nur vom sanften Klimpern der Handys, Uhren, Geldbeutel und Schmuckstücke in Emilios rotem Samtsack. Er hatte seine Kollekte in der Menge wiederaufgenommen. Ein weiterer Söldner folgte ihm. Keine der Geiseln protestierte, sodass es schnell voranging.

Die anderen Söldner hielten ihre Positionen an den Wänden bei, die Pistolen immer noch erhoben. Mein Blick huschte von einem Mann zum nächsten. Ich rief meinen Galvanismus, um auch ihre Auren zu studieren.

Sie waren alle Paranormale, wahrscheinlich Enduros, was bedeutete, dass sie eine unglaubliche Ausdauer hatten. Einige von ihnen besaßen wahrscheinlich auch übernatürliche Stärke, so wie es bei Vlad und Katarina der Fall war. Ich konnte es mir nicht leisten, mich auf einen längeren Kampf mit irgendeinem dieser Kerle einzulassen, denn ihr Durchhaltevermögen würde meine Fähigkeiten neutralisieren. Ich musste so viele von ihnen so schnell wie möglich ausschalten. Je schneller die Söldner fielen, desto geringer das Risiko für die Geiseln.

Normalerweise vermied ich auf Missionen jegliche Kollateralschäden – was den General und einige meiner Vorgesetzten in der Section schon des Öfteren wütend gemacht hatte. Doch die Söldner trugen keine Masken, und sie versuchten überhaupt nicht, ihre Identität zu verschleiern … was bedeutete: Sie machten sich keine Sorgen, dass irgendwelche Zeugen sie später für die Behörden beschreiben konnten. Und die Söldner konnten sich nur absolut sicher sein, dass sie später nicht identifiziert wurden, wenn sie planten, alle Geiseln zu töten, bevor sie aus der Burg verschwanden.

Auf der anderen Seite des Ballsaals redete Maria im Flüsterton auf Lina ein. Der Kellnerin gelang es tatsächlich, das schniefende und weinende Mädchen ein wenig zu beruhigen. Neben ihnen ließ auch Gabriel auf der Suche nach Angriffspunkten den Blick durch den Saal gleiten.

»Nein! Bitte nicht! Die hat mir meine Großmutter geschenkt! Es ist ein Familienerbstück!«

Emilio und der andere Söldner standen vor einer älteren Frau, welche die Hand über eine Engelbrosche an ihrer Brust gelegt hatte. Die Brosche wirkte antik, bestand aber offensichtlich aus blauen Kristallen und nicht aus kostbaren Edelsteinen.

»Mir ist es egal, von wem du sie bekommen hast, Oma«, knurrte Emilio. »Gib sie her, oder Ricardo holt sie sich.«

Ricardo trat mit kalter Miene vor und ließ die Knöchel knacken. Ich hatte in meiner Zeit bei der Section schon mit vielen Verbrechern zu tun gehabt – und viele getötet –, aber man musste schon wirklich absoluter Abschaum sein, wenn man eine Achtzigjährige bedrohte.

Die Frau packte die Brosche fester und schob trotzig das Kinn vor. »Nein.«

Emilio verdrehte die Augen, und Ricardo ließ noch einmal die Knöchel knacken. Alle im Raum beobachteten das Schauspiel, auch die anderen Söldner an den Wänden.

Ich sah Gabriel an und ließ die Dessertgabel aufblitzen, die ich mir geschnappt hatte, als Vlad mich gegen den Tisch gekickt hatte. Wir mussten *jetzt* in Aktion treten, während die Söldner abgelenkt waren.

Ein zartes Lächeln umspielte Gabriels Lippen, und er zeigte mir ein Buttermesser in seiner Hand. Ich grinste. Zwei Dumme, ein Gedanke.

Ich hob in einer stummen Frage die Augenbrauen, worauf Gabriel leicht mit der Hand wedelte, als wollte er sagen: *Immer los, Geck.*

Mit der Dessertgabel in der Hand räusperte ich mich laut und stand auf. »Du hast die Dame gehört. Die Brosche gehört ihr, nicht dir. Lass sie in Ruhe.«

Emilio lachte. »Mutige Worte für einen Mann, der es nicht mal geschafft hat, seine eigene Fliege zu behalten.«

»Wen interessiert eine Fliege, wenn ich mir aus den Zähnen, die ich dir aus der Fresse schlage, eine Kette anfertigen kann?«

Emilio blinzelte, als glaubte er, sich verhört zu haben. Ricardo und ein paar der anderen Gangster kicherten bösartig, was Emilio die Zornesröte in die Wangen trieb. Er bedachte seine Kumpel mit bösen Blicken, aber das dämpfte ihre Erheiterung kaum. Emilio ließ den roten Samtsack fallen, schüttelte sein Smoking-Jackett ab und warf es in Ricardos Richtung … der es zur Seite schlug. Emilio krempelte sich die Ärmel seines Hemds hoch.

»Lass es«, meinte Ricardo. »Er reißt doch nur das Maul auf.«

Emilio ignorierte ihn und stapfte zu mir. Er nickte einmal kurz, und sofort schoben zwei Söldner ihre Waffen in die Halfter und traten vor.

»Haltet ihn fest«, knurrte Emilio. »Dann werden wir ja sehen, wie viele Zähne *ich ihm* ausschlagen kann.«

Ich wehrte mich nicht, als die Söldner meine Oberarme packten.

Emilio schlenderte die letzten Schritte heran. Sein Grinsen

enthüllte perfekt gepflegte, weiße Zähne. »Möchtest du noch etwas sagen, bevor ich dich zu Brei schlage?«

Ich zuckte mit den Achseln. »Ich frage mich nur gerade, wie viele Zähne man wohl für eine Kette braucht. Drei? Fünf? Sieben? Aber vielleicht sollte ich mich mit nicht weniger als *allen* zufriedengeben.«

Wieder glucksten Ricardo und die anderen Gangster amüsiert, was Emilio noch wütender machte. Der Gangster sprang vor und versetzte mir einen Schlag.

Er legte seine paranormale Stärke in die Attacke. Schmerzen explodierten in meinem Kiefer wie eine Granate. Aber ich war ein Cleaner der Section und war schon unzählige Male geschlagen, geohrfeigt, getreten, aufgeschlitzt, angeschossen und verprügelt worden. Emilios Schlag tat weh, aber das war nur ein kleines Ärgernis im Vergleich zu Henrika Hydes Redburn, das über meinen Körper hinweggezüngelt war und eine Hautschicht nach der anderen verbrannt hatte.

Also blieb ich stehen und ließ mich von Emilio als Punchingball missbrauchen. Er führte in schneller Folge drei weitere Schläge aus, bevor er innehalten und die Hand ausschütteln musste. Warmduscher.

Ich blinzelte gegen die Punkte an, die vor meinen Augen tanzten, und warf einen kurzen Blick zur anderen Seite des Ballsaals, weil ich mich fragte, wann Gabriel zuschlagen würde. Inzwischen waren alle Blicke auf mich gerichtet, sodass ihn niemand beachtete.

Ich blinzelte noch mal gegen die schwarzen Flecken an. Moment mal! Wo war Gabriel? Er saß nicht mehr neben Lina und Maria …

Erneut traf Emilios Faust meinen Kiefer. Diesmal konnte ich ein schmerzerfülltes Stöhnen nicht unterdrücken. Die beiden Söldner ließen meine Arme los, und ich knallte mit den Knien auf den harten Marmorboden. Emilio trat mich ein paarmal in die Rippen, dann lehnte er sich vor und schlug mich noch einmal ins Gesicht, so fest, dass mein Kopf auf den Boden knallte.

Ich blinzelte gegen die Sternenkonstellationen vor meinen Augen an. Etwas … Seltsames bewegte sich über die Wand des Saals. Ein rauchiger Schatten huschte über den weißen Marmor, obwohl die Beleuchtung an dieser Stelle gar keine Schatten werfen sollte.

Emilio vergrub die Hand in meinem Haar, zerrte mir den Kopf nach hinten und zwang mich so auf die Knie. Auf der anderen Seite des Saals kroch der seltsame Schatten näher und näher an einen Söldner heran, der interessiert zusah, wie Emilio mich fertigmachte.

Emilio beugte sich so weit vor, dass sein saurer Atem über mein Gesicht strich. »Und? Keine schlagfertigen Kommentare mehr? Wie enttäuschend!«

Der Fleck in meinem Blickfeld kroch noch näher an den ahnungslosen Gangster heran, dann verfestigte er sich zur Gestalt eines Mannes. Ich erkannte glitzernde Augen und eine glänzende Klinge.

Emilio schnippte vor meinem Gesicht mit den Fingern. »Aufmerksam bleiben! Ich habe doch noch gar nicht richtig angefangen.«

Ich lachte. Das fröhliche Geräusch spritzte mir förmlich aus dem Mund, zusammen mit ein wenig Blut von meiner aufgeplatzten Unterlippe.

»Was ist so witzig?«, knurrte er.

»Ich bin nicht derjenige, um den du dich sorgen solltest«, keuchte ich und deutete zur anderen Seite des Raums.

Emilio runzelte die Stirn, schaute aber gerade rechtzeitig in die angegebene Richtung, um zu sehen, wie Gabriel vortrat und das gestohlene Buttermesser im Hals des Söldners vergrub.

Der Gangster schrie. Gabriel riss dem Mann die Waffe aus der Hand, stieß ihn zur Seite und feuerte zwei Kugeln in seine Brust. Dann wirbelte der ehemalige Cleaner herum und erledigte einen weiteren Söldner mit zwei Schüssen. Noch bevor der Mann auf dem Boden aufgekommen war, hatte Gabriel bereits den dritten erschossen.

Verdammt! Er war schnell. Innerhalb von Sekunden hatte er drei Gegner ausgeschaltet und nahm bereits den vierten ins Visier.

Fluchend ließ Emilio mein Haar los und griff nach seiner Pistole. Sobald er abgelenkt war, riss ich die rechte Hand hoch und stach ihm die Dessertgabel in den Oberschenkel. Emilio stolperte schreiend zur Seite, wobei er die zwei Söldner rammte, die mich festhielten.

Während Emilio immer noch versuchte, seine Waffe zu ziehen, griff ich nach dem Strom, der durch die Wände floss, und sog die Elektrizität in meinen Körper auf. Sofort sah ich wieder klar, und meine Schmerzen verschwanden. Frische Energie füllte meine Muskeln. In einer geschmeidigen Bewegung stand ich auf und warf mich nach vorn.

Emilio riss überrascht die Augen auf, aber es gelang ihm, die Waffe aus dem Halfter zu ziehen. Ich mochte zwar nicht so schnell sein wie Gabriel, war aber immer noch schneller als Emilio. Ich zog ihm die Waffe aus der Hand und rammte ihm den Knauf ins Gesicht. Schreiend taumelte Emilio zurück.

Die Kronleuchter flackerten, als ich noch mehr Strom in meinem Körper aufsog und einen Teil der Energie in meinen rechten Arm leitete, bevor ich erneut zuschlug. Ein paar Zähne flogen aus seinem Mund und rutschten klappernd über den Boden. Emilio gurgelte irgendetwas Unverständliches und wollte sich auf mich stürzen, doch ich wich seinem ungeschickten Angriff aus und schlug ihm die Pistole seitlich gegen den Kopf. Etwas knackte, und er brach zusammen. Blut tropfte ihm aus Ohren und Mund.

Ich drehte die Waffe in meiner Hand, sodass ich endlich den Griff hielt. Die zwei Söldner, die mich festgehalten hatten, hatten ihr Gleichgewicht wiedergefunden und griffen nach ihren eigenen Waffen. Einem von ihnen schoss ich in den Kopf, dann sprang ich zur Seite und erledigte den zweiten Mann auf dieselbe Weise. Beide waren tot, bevor sie auf dem Boden aufkamen.

Ich trat über die Leichen hinweg und erschoss zwei weitere Söldner. Die Geiseln warfen sich schreiend zu Boden, um so wenig Angriffsfläche zu bieten wie möglich. Selbst die Paranormalen duckten sich, weil sie keine Verletzungen riskieren wollten. Kaum überraschend, schließlich retteten Verbrecher meist nur ihre eigene Haut.

Die verbliebenen Gangster fluchten, schrien und schwenkten ihre Waffen, unsicher, ob sie zuerst Gabriel oder mich erledigen sollten. Ein einzelner Mann aber sprang nach vorn, schnappte sich Emilios Sack voller Wertsachen vom Boden und rannte die Stufen zur Bühne hinauf. Er drehte sich, um auf mich zu schießen, aber ich feuerte als Erster. Schreiend stürzte er die Stufen wieder hinunter. Der Sack entglitt seiner Hand und ging auf, sodass sich der Inhalt über den Boden ergoss.

Auf der anderen Seite des Ballsaals erschoss Gabriel einen weiteren Mann, gleichzeitig eilte in seinem toten Winkel aber ein weiterer Gangster heran. Ich feuerte, worauf der Mann wie ein Baum umfiel. Gabriel nickte mir dankbar zu, dann nahm er den nächsten Gegner ins Visier …

Eine schwere Hand landete auf meiner Schulter und wirbelte mich herum, dann traf der erste Schlag bereits mein Gesicht. Mein Kopf wurde nach hinten gerissen, und wieder sah ich Sterne, als Schmerzen und Energie durch meinen Körper schossen. Meine glatten Anzugschuhe schlitterten über den Boden, sodass ich hilflos mit den Armen wedelte, um nicht auf den Hintern zu fallen.

Ricardo stürzte vor und riss mir die Waffe aus der Hand. »Du hast Emilio umgebracht!«, knurrte er. »Du hast meinen Bruder getötet.«

Hinter mir erklangen wieder Schüsse, aber ich konnte mich nicht umdrehen, um herauszufinden, wie Gabriel sich im Kampf mit den anderen Söldnern hielt. Ich musste einfach darauf vertrauen, dass er seinen Job erledigte und mir den Rücken deckte, so wie ich es bei ihm getan hatte.

Ricardo schlug erneut zu und fügte mir damit noch mehr Schmerzen zu. Er war schneller und stärker, als Emilio es gewesen war. Wenn ich nicht aufpasste, konnte er mich mühelos zu Tode prügeln.

Er stürzte sich ein weiteres Mal auf mich, aber diesmal wich ich dem Angriff aus und ließ meine Taschenuhr aus dem linken Ärmel in meine Hand gleiten. In der gleichen Zeit rief ich noch mehr Strom zu mir, sodass blaue Funken um die Uhrenkette tanzten. Knurrend startete Ricardo den nächsten Angriff. Eine Sekunde bevor er mich erwischen konnte, packte ich die Uhr fester und knallte ihm die unter Strom stehende Kette ins Gesicht.

Ricardo schrie vor Schmerz und Überraschung auf. Während er abgelenkt war, glitt ich um ihn herum, sodass ich hinter ihm stand. Dann legte ich ihm die lange Uhrenkette um den Hals und würgte ihn.

Der Söldner zerrte knurrend an der Kette, aber ich schickte einen weiteren Stromstoß durch das Metall. Fluchend ließ Ricardo die Glieder los, nur um dann rückwärts zu drängen, bis er mich gegen eine Wand rammen konnte. Der Aufprall erschütterte mich von Kopf bis Fuß. Schmerzen und Energie schossen durch meinen Körper.

Ricardo rammte mich wieder und wieder gegen die Wand, doch ich ließ den zuckenden Söldner nicht los, sondern zog die Kette immer enger, um ihm endgültig die Luft abzuschneiden. Irgendwann wurden seine Bewegungen schwächer, bis er erschlaffte. Ich löste die Uhrenkette von seinem Hals und ließ ihn zu Boden gleiten.

Aus dem Augenwinkel sah ich, wie ein weiterer Gangster die Waffe auf mich richtete. Ich wirbelte herum, auch wenn ich mir nicht sicher war, ob ich es schaffen konnte, die kinetische Energie der Kugel einzusetzen, um sie abzulenken …

Peng! Peng!

Zwei Kugeln trafen den Söldner in den Rücken. Er brach zusammen und verlor die Pistole.

Gabriel trat vor. Er stellte sicher, dass der Mann tot war, dann sah er sich im Rest des Ballsaals um, auf der Suche nach dem nächsten Feind. Doch es waren alle Söldner tot. Ihr Blut färbte den weißen Marmor, als hätte jemand abstrakte Gemälde geschaffen.

Die letzten Echos der Schüsse verklangen. Langsam hoben die Geiseln den Kopf und standen auf. Ein paar Leute schluchzten, aber die meisten – inklusive der paranormalen Kriminellen – blieben still, vollkommen überwältigt von den Ereignissen.

»Geht es dir gut, Geck?«, rief Gabriel.

Ich steckte die Uhr in meine Westentasche zurück. »Ja. Und dir?«

»Alles prima«, meinte er gedehnt. »Erkennst du irgendeinen von diesen Kerlen?«

Auf dem Weg zu Gabriel musterte ich erst einen Söldner, dann den nächsten. Sie waren unterschiedlich alt, hatten verschiedene Hautfarben und schienen aus allen Ecken der Welt zu stammen. Als ich bei Gabriel ankam, meinte ich: »Nö. Du?«

Er schüttelte den Kopf und senkte die Pistole. »Sie gehören zu keiner Truppe, die mir bekannt ist. Aber sie haben auf jeden Fall eine ordentliche Ausbildung durchlaufen und waren alle Paranormale.«

»Was ist mit Katarina Tanetsa?«

Wieder schüttelte Gabriel den Kopf. »Vor heute Abend habe ich noch nie von ihr gehört, aber sie ist offensichtlich mehr als eine Primaballerina.«

»Und hier ging es um mehr als nur den Nussknacker-Rubin.« Ich wedelte mit der Hand in Richtung der toten Söldner. »Für einen einfachen Juwelenraub nimmt man nicht so viele Männer und Waffen mit. Also, worum geht es hier wirklich?«

»Geld«, sagte eine leise Stimme. »Hier geht es um Geld.«

Lina Eisen kam vorsichtig auf Gabriel und mich zu. Sie war immer noch bleich und vermied es, die toten Gangster anzusehen. Aber als sie bei uns ankam, nahm sie die Schultern zurück und reckte das Kinn. Maria trat vor und legte dem Mädchen beruhigend die Hand auf die Schulter.

»Mein Vater …« Linas Stimme verklang für einen Moment. »Mein Vater hat Dinge gestohlen. Kunstgegenstände und Schmuck und anderes Zeug. Von einer Menge böser Leute. Tante Elsa denkt, ich wüsste nichts davon … aber deswegen hat sie mich hierhergebracht. Sie dachte, in der Burg wären wir am sichersten.«

»Weißt du irgendetwas über Katarina Tanetsa?«, fragte ich. »Hat dein Vater auch sie bestohlen?«

»Keine Ahnung. Aber mein Vater war letztes Jahr mit mir bei einer ihrer Vorstellungen in New York, also … vielleicht?« Lina kaute auf der Unterlippe. »Tante Elsa wollte diese Weihnachtsfeier gar nicht veranstalten, aber ich habe sie angebettelt. Ich dachte, es würde Spaß machen, besonders mit dem *Nussknacker*-Motto. Wir haben das Ballett in meiner Tanzschule geübt, aber dieses Jahr konnte ich nicht teilnehmen. Ich hätte nie gedacht …« Sie holte zitternd Luft, dann stieß sie den Atem wieder aus. »Ich hätte nie gedacht, dass so etwas passieren wird.«

»Das ist nicht deine Schuld«, schaltete Maria sich ein und drückte sanft die Schulter des Mädchens. »Du hast diese Leute nicht gebeten, die Party zu sprengen. Das haben sie von sich aus getan.«

Lina schenkte ihr ein trauriges Lächeln, das sie viel älter wirken ließ als zehn Jahre. »Sicher. Aber ich habe es ihnen einfacher gemacht, also bin ich irgendwie doch schuld.«

Ihr ruheloser Blick landete auf einem toten Söldner. Ein Zittern überlief ihren Körper, dann wandte sie sich eilig ab.

»Was glaubst du, wo Katarina deine Tante hingebracht hat?«, fragte ich. »Wo ist der echte Nussknacker-Rubin?«

»Der Rubin ist in der Schatzkammer. Vor der Party hat Tante Elsa zu einem der Wachmänner gesagt, dass der Rubin zu wertvoll ist, um ihn wirklich auszustellen.« Der Anflug eines Lächelns huschte über das Gesicht des Mädchens. »Noch etwas, wovon sie dachte, dass ich es nicht wüsste.«

Ich sah Gabriel an. »Dann sollte ich mich auf den Weg dorthin machen.«

Lina schüttelte den Kopf. »Sie müssen zuerst in Tante Elsas Büro. Der Code für den Safe ändert sich jeden Tag, und sie muss ihn vom Laptop abschreiben.«

Eine eisige Angst ergriff Besitz von meinem Herzen. Lina sprach von demselben Büro und von demselben Laptop, auf die es auch Charlotte abgesehen hatte.

»Die Mission?«, fragte Gabriel leise.

Ich nickte und versuchte nicht mal, meine Sorgen zu verbergen.

»Geh und finde Charlotte«, sagte er. »Und auch Elsa. Ich werde alle in Sicherheit bringen.«

»Wir können mit der Seilbahn ins Dorf fahren«, warf Lina ein. »Ich kenne alle Zugangscodes.«

Ich sah erneut Gabriel an. Er nickte.

»Geh«, wiederholte er. »Finde Charlotte.«

»Ich schulde dir was.«

Gabriel grinste, sodass seine weißen Zähne leuchteten. »Vergiss es, Geck. Wir sind quitt – diesmal zumindest.«

Ich erwiderte sein Grinsen, dann schnappte ich mir eine neue Pistole vom Boden, riss eine der Türen auf und rannte aus dem Ballsaal.

7

Charlotte

Das war die vielleicht dämlichste Idee meines gesamten bisherigen Lebens. Allerdings war es derzeitig auch die *einzige* Idee, die ich hatte, also konnte ich sie nur nutzen – und hoffen, dass sie mich nicht umbringen würde.

So viel zu meinem großen Hirn, wie Desmond es immer nannte. Denn als die Bürotür aufschwang, fiel mir nichts Besseres ein, als mir ein Geschenk von einem dekorierten Tisch in der Nähe zu schnappen, hinter die zwei lebensgroßen Nussknacker in der Ecke zu springen, die ebenfalls Geschenke hielten, und zu erstarren, als gehörte ich zur Deko.

Nein, definitiv nicht meine genialste Idee. Nicht mal ansatzweise.

Ich sah mich eilig noch einmal im Büro um, aber es gab kein anderes Versteck. Wenn einer der Gangster, die kurz davor standen, den Raum zu betreten, mich gleich entdecken würde, müsste ich zu den Glastüren rennen und einfach hoffen, dass ich es nach draußen schaffte, bevor ich erschossen wurde. Die Flucht über die Terrasse bedeutete aber, dass ich den anderen Gangstern in die Arme lief, die gerade Sprengstoff an den Außenmauern der Burg befestigten … also würde wahrscheinlich so oder so auf mich geschossen werden … und ich würde vermutlich sterben.

Was ich auch tat, es war das Falsche.

Manchmal klang das wie die Zusammenfassung meines Lebens, besonders, wenn es um die Section 47 ging. *Wild Christmas*, nur eben mit Spionen statt Gangstern.

Das war nun mal die Lösung, die mein großes Hirn ausgespuckt hatte, und ich konnte nur abwarten, ob sie funktionierte. Also blieb ich absolut starr stehen, als wäre ich genau so tot und leblos wie die zwei Nussknacker vor mir.

Die Tür schwang ganz auf, und Elsa Eisen stiefelte in den Raum. Sie hielt den Kopf hoch erhoben und hatte die Hände an den Seiten zu Fäusten geballt, als stellte sie sich auf einen Kampf ein. Ihr folgte ein Mann, der sogar noch größer und breiter war als der Kerl, den ich vorhin betäubt und in die Badewanne verfrachtet hatte. Danach kam Katarina Tanetsa.

Fast wäre ich vor Überraschung zusammengezuckt. War die Ballerina auch eine Geisel? Sie kam näher … und da entdeckte ich den großen, silbernen Revolver in ihrer Hand. Nö, definitiv keine Geisel.

Mein großes Hirn mochte nicht unbedingt das beste Versteck gefunden haben, aber es war *sehr* gut darin, sich an Namen, Fakten und Details zu erinnern – unter anderem an alles, was ich je über Katarina Tanetsa gelesen hatte.

Sobald ich die Gästeliste in Händen gehalten hatte, hatte ich mir einen kurzen Überblick über jede Person verschafft, die auf der Weihnachtsfeier erwartet wurde, um herauszufinden, ob Verbindungen zu Henrika Hyde oder Adrian Anatoly bestanden. Niemand hatte Verdacht bei mir erregt, auch Katarina nicht. Nachdem ich durchaus etwas übersehen haben konnte, ging ich die Fakten im Kopf noch mal durch.

Katarina Tanetsa, dreiunddreißig Jahre alt, entstammte einer Mittelstandsfamilie aus Sankt Petersburg. Sie hatte mit dem Balletttanz begonnen, kaum dass sie auf den Zehenspitzen stehen konnte. Hatte sich durch die Reihen nach oben getanzt, von

Kompanie zu Kompanie, bis sie zu den besten Ballerinas der Welt gehört hatte. Musste vor ein paar Jahren wegen einer Knöchelverletzung aussetzen, nachdem ein männlicher Tänzer sie bei einer Vorstellung fallen gelassen hatte. Absolvierte gerade eine Comeback-Tour mit öffentlichen und privaten Vorstellungen in ganz Europa, unter anderem auf Burg Tannenbaum.

Doch so wie es aussah, hatte Katarina nicht nur eine Ballettausbildung erhalten. Zumindest ließ ihr vertrauter Umgang mit der Waffe das vermuten. Meine Synästhesie schaltete sich ein. Da die Waffe momentan nicht auf mich gerichtet war, leuchtete sie in sanftem Pink, aber Katarina selbst war in dunkles Blutrot getaucht. Meine Recherchen und ein paar Online-Videos ihrer Vorstellungen hatten mich vermuten lassen, dass Katarina Tanetsa eine Enduro war. Viele professionelle Athleten waren im Geheimen Enduros, die ihre magische Ausdauer nutzten, um das Beste aus ihren Körpern herauszuholen.

Katarina von Nahem zu sehen, bestätigte mir, dass sie auf jeden Fall eine Paranormale und extrem gefährlich war – als hätte ich das nicht schon gewusst. Manchmal war meine Synästhesie ziemlich nutzlos, weil sie mir nur Dinge verriet, die sowieso außer Zweifel standen.

Katarina umrundete mit großen Schritten den Schreibtisch, stieß das Festnetztelefon zur Seite, ließ sich in den Stuhl sinken und legte ihre Füße mit den Tanzschuhen auf die antike Holzplatte. Sie trug immer noch ihr pflaumenblaues Zuckerfee-Kostüm und die glitzernde Kristallkrone, sodass es aussah, als hätte jemand eine hübsche Porzellanpuppe hinter dem Schreibtisch drapiert.

Katarina wedelte auffordernd mit der Pistole, also ließ sich Elsa auf einen der Stühle vor dem Schreibtisch sinken. Der Söldner schloss die Tür und stellte sich davor auf, die Pistole in der Hand.

Elsa hielt sich steif und aufrecht, sodass ihr Rücken die Lehne des Stuhls nicht berührte, Katarina hingegen ließ sich tiefer in den Sessel sinken. Bei seinem protestierenden Quietschen zuckte sie zusammen.

Katarina sah sich im Büro um. Mir stockte der Atem, und ich zwang mich dazu, absolut unbeweglich zu stehen, um bestmöglich einen Nussknacker zu imitieren. Ihr Blick huschte über mich hinweg, dann wanderte er weiter. Ich musste mir auf die Zunge beißen, um nicht erleichtert aufzuatmen.

»Was willst du?«, brach Elsa das Schweigen.

Katarina lachte, und das fröhliche Geräusch ging mir durch Mark und Bein. »Direkt auf den Punkt, hm? Das respektiere ich. Aber ich habe dir bereits gesagt, was ich will. Den Nussknacker-Rubin. Den *echten* Rubin, nicht dieses billige Stück Glas, das ich vorhin im Ballsaal zertreten habe.«

Also hatte Elsa den Gästen eine Menge Geld dafür abgenommen, dass sie einen gefälschten Rubin bewundern konnten. Wieso war sie so ein Risiko eingegangen?

»Schön«, blaffte Elsa. »Der echte Rubin ist in der Schatzkammer.«

»Oh, das weiß ich. Und du wirst ihn mir auf jeden Fall übergeben. Aber ich wollte mich vorher mal kurz mit dir unterhalten.«

»Worüber?«

»Über deinen Bruder, natürlich.«

Elsa versteifte sich noch mehr. »Bist du diejenige, die Peter umgebracht hat?«

Wieder war ich überrascht. Elsa wusste also, dass der Tod ihres Bruders kein Unfall gewesen war. Interessant.

»Oh, ja«, schnurrte Katarina förmlich. »Ich habe ihn umgebracht. Ich war vor ein paar Monaten für eine Vorstellung in New York, also war es ein Leichtes für mich, einen kurzen Ausflug in die Hamptons zu machen und ihn zu eliminieren. Ich will dir die

Details ersparen … aber lass dir gesagt sein, er hat vor seinem Tod *sehr* gelitten.«

Ich dachte an die leuchtend roten Verbrennungen an Peters Körper. *Gelitten* war wahrscheinlich ein viel zu freundlicher Ausdruck. Diese Art von andauernder Pein würde die meisten Leute in den Wahnsinn treiben. Selbst wenn Peter die körperlichen Verletzungen überlebt hätte, wäre er schwer traumatisiert gewesen. Wie Desmond, der immer noch an schrecklichen Albträumen von der Explosion am Strand und Graham Walkers Tod bei der Blacksea-Mission litt.

»Warum?«, fragte Elsa, doch es klang schwach, als würde sie die Antwort bereits kennen.

»Oh, spiel nicht die Dumme«, antwortete Katarina. »Du weißt so gut wie ich, dass dein Bruder diverse sehr mächtige Personen bestohlen hat. Dass er Geld von Auktionskonten veruntreut hat. Angebliche Fehler bei Antiquitäten entdeckt hat, um ihren Wert zu mindern. Gemälde und Statuen gegen Fälschungen ausgetauscht hat, um die echten Kunstwerke auf dem Schwarzmarkt zu verkaufen. Ein eindrucksvolles Hütchenspiel, das Peter da aufgebaut hatte.«

Nun, das erklärte all das Rot, das ich vorhin in den Dokumenten gesehen hatte. Katarina hatte recht. Das war ein eindrucksvolles Hütchenspiel. Das Problem an solchen Tricksereien war nur, dass früher oder später jemand sauer wurde, die Hütchen vom Tisch fegte und merkte, dass unter keinem davon eine Nuss lag.

»Unglücklicherweise ist eine dieser Personen meine aktuelle Auftraggeberin«, fuhr Katarina fort. »Sie hat deinen Bruder immer für einen klugen Mann gehalten – zu klug, um sie zu bestehlen. Und sie will wissen, warum er das getan hat. Daher unser kleines Gespräch.«

Sie? Mein Herzschlag beschleunigte sich. Ich hatte so ein Gefühl, dass ich *genau* wusste, von wem Katarina gerade sprach.

Elsa presste missmutig die Lippen aufeinander, bis sie eine schmale Linie bildeten. Nach ein paar Sekunden sagte sie: »Peter war spielsüchtig.«

Verständnis breitete sich auf Katarinas Miene aus. »Ah, ich verstehe. Nun, dumm für ihn. Und für dich.«

»Ich wusste nicht, dass er Leute bestohlen hat«, protestierte Elsa.

Lüge, flüsterte meine innere Stimme.

Katarina hob nur eine Augenbraue, während der Söldner ungläubig schnaubte. Die beiden mochten nicht meine Synästhesie besitzen, einen totalen Blödsinn erkannten sie aber genau so schnell wie ich, wenn er ihnen serviert wurde.

»Zumindest am Anfang habe ich es nicht gewusst«, schränkte Elsa ihre Aussage ein. »Ich habe es erst dieses Jahr kapiert, ein paar Monate vor Peters ... Tod. Aber sobald ich verstanden hatte, was vor sich geht, habe ich das unterbunden – Peters Glücksspiel *und* die Diebstähle. Ich habe versucht, alles in Ordnung zu bringen: das Geld zurückzuzahlen und die Antiquitäten wieder aufzutreiben.«

Ich brauchte meine Synästhesie nicht, um die Wut, den Frust und die Abscheu in ihrem bitteren Tonfall zu hören. Unerwartet stieg Mitgefühl in mir auf. Elsas Bruder hatte sie unter einer Lawine von Ärger begraben ... und seitdem versuchte sie verzweifelt, sich freizustrampeln ... genau wie ich lange unter Schulden geächzt hatte, dank der letzten, missglückten Mission meines Vaters und den gigantischen Arztrechnungen meiner Großmutter.

Katarina nickte fast verständnisvoll. »Ah, deswegen hast du all diese Narren Eintritt für deine Party zahlen lassen, damit sie sich den Nussknacker-Rubin anschauen. Und ich dachte, es wäre eine Wohltätigkeitsgala. Clever.«

»Es *ist* eine Wohltätigkeitsgala«, blaffte Elsa. »Peter hat auch die örtliche Tanzschule bestohlen. Ich wollte die Einnahmen von der Weihnachtsfeier verwenden, um das Geld zurückzuerstatten, bevor das Direktorium das Fehlen bemerkt. Indem du den Ring zerstört hast, hast du aber alles kaputt gemacht. Jetzt werden die Gäste ihr Geld zurückverlangen.«

»Keine Sorge.« Katarina lächelte, doch es war ein kalter Ausdruck, so eisig wie der Schneefall vor dem Fenster. »Niemand wird eine Rückerstattung verlangen.«

Elsa verspannte sich, und ich bemerkte einen zuckenden Muskel an ihrem Kiefer. Wahrscheinlich glaubte sie, Katarina würde sie hier und jetzt töten. Doch bei den Bomben, die ich vorhin gesehen hatte, plante die Ballerina, die gesamte Burg zu zerstören und damit *alle* Anwesenden umzubringen.

»Was auch immer du bekommst, ich biete dir das Doppelte«, sagte Elsa.

Wieder lachte Katarina fröhlich. »Jetzt versuchst du es mit Bestechung? Auch das respektiere ich. Aber das würde meiner Auftraggeberin nicht gefallen. Und im Gegensatz zu deinem Bruder bin ich klug genug, Henrika Hyde nicht zu betrügen.«

Wieder stockte mir der Atem, und ich musste dem Drang widerstehen, triumphierend die Faust in die Luft zu recken. Ich hatte recht. Katarina arbeitete für Henrika. Die paranormale Waffenhändlerin hatte der Ballerina etwas von ihrem Redburn-Sprengstoff gegeben, damit sie Peter Eisen tötete. Meine Gedanken rasten. Ich fragte mich, was für andere Jobs Katarina vielleicht für Henrika erledigt hatte; welche Informationen sie über die andere Frau besaß; und besonders, ob Katarina wusste, wo sich Henrika gerade aufhielt.

»Henrika wollte zur Party kommen und sich persönlich um dich kümmern«, fuhr Katarina fort. »Aber sie hat gehört, dass einige ihrer Feinde das Fest möglicherweise infiltrieren könnten, also hat sie stattdessen mich geschickt. Sieh es als Glücksfall. Henrika hatte einen eindrucksvollen Tod für dich geplant. Mir bist du einfach nicht wichtig genug, als dass ich mir solche Mühe gebe.«

Feinde? Sprach die Ballerina von … mir und Desmond? Aber woher sollte Henrika gewusst haben, dass wir heute Abend hier sein würden? Wir hatten niemandem in der Section davon erzählt – abgesehen von Gia und Evelyn, aber diese beiden würden uns niemals verraten.

Ich verdrängte diese Gedanken, um mich später damit zu beschäftigen. Im Moment musste ich mich darauf konzentrieren, stillzustehen … was immer schwieriger wurde. Meine Arme brannten von der Anstrengung, das Paket immer genau gleich zu halten, meine geborgten Stiefel marterten meine Zehen, und – noch schlimmer – unter dem Zinnsoldatenhut juckte meine Kopfhaut wie verrückt. Mich nicht kratzen zu können, entwickelte sich zu einer ganz eigenen Form von Folter.

»Wieso tust du das?«, verlangte Elsa zu wissen. »Warum? Du bist eine der berühmtesten Ballerinas der Welt. Du wurdest nicht in dieses Verbrecherleben geboren, bist nicht seit deinen ersten Schritten darin gefangen, wie es bei mir der Fall ist. Wieso also riskierst du deinen Namen, deinen Ruf und besonders dein tänzerisches Vermächtnis?«

Wieder stieg Mitgefühl in mir auf. Ich hegte ähnliche Gedanken in Bezug auf meinen Vater. Ich hatte mich immer wieder gefragt, warum Jack Locke so scharf darauf gewesen war, sein Leben für die Section 47 zu riskieren, obwohl er bei mir und Grandma Jane in Sicherheit hätte leben können. Hatte mich gefragt, warum wir beide – *seine Familie* – meinem Vater niemals so wichtig gewesen waren wie seine Missionen oder seine Existenz als Cleaner, als Auftragsmörder, als Spion.

Katarina zuckte mit den Achseln, doch in ihren haselnussbraunen Augen brannte Wut. »Weil Tanzen verdammt harte Arbeit ist, die selten angemessen honoriert wird. Und sobald man verletzt ist – sobald man nicht mehr über die Bühne flattern kann wie ein Schmetterling –, lassen einen die meisten Tanzkompanien fallen. Nach der Knöchelverletzung vor ein paar Jahren musste ich mir einen Plan für meinen Ruhestand zurechtlegen ... und das ist er.«

Ihre Augen brannten jetzt förmlich vor Zorn, und sie verzog angewidert die Lippen.

»Du machst dir ja keine Vorstellung, wie sehr ich es leid bin, wieder und wieder den *Nussknacker* zu tanzen. Ganz zu schweigen davon, zu lächeln und zu lachen und nett zu Leuten zu sein, die mehr Geld für ihre Kleidung ausgeben, als ich in einem Jahr verdiene. Also wird es Zeit, dass Katarina Tanetsa ihre letzte Verbeugung vollführt und die Bühne ein für alle Mal verlässt.«

Sie sah zu dem Söldner, der das Gespräch bisher schweigend verfolgt hatte. »Vlad und ich haben fest vor, den Rest des Winters an einem schönen Privatstrand zu verbringen. Keine Kälte mehr, kein Schnee, keine nervigen Aufführungen, die ich im Schlaf absolvieren könnte. Nicht wahr, Baby?«

»Absolut«, brummte Vlad.

Katarina grinste ihn an, dann zog sie die Beine vom Schreibtisch, schnappte sich den Laptop und schob ihn Elsa zu. »Henrika hat beschlossen, ihr Konto bei der Eisen-Familie zu schließen, Stichtag heute. Zeit für eine Abhebung.«

Vlad trat vor und zielte mit der Pistole auf Elsas Hinterkopf. Sie warf ihm einen bösen Blick zu, dann gab sie nach und zog den Laptop zu sich heran. Sie öffnete ihn, scannte ihren Fingerabdruck und fing an zu tippen.

Nach einer Minute runzelte Elsa die Stirn. »Das ist seltsam.«

»Was?«, fragte Katarina.

»Irgendjemand hat erst vor ein paar Minuten Henrikas Konto geöffnet.«

Ich verspannte mich. Verdammt! Elsa musste eine Warnmeldung erhalten haben, oder sie hatte ein Zeiterfassungsprogramm laufen.

Katarina lehnte sich vor. »Und das Geld? Wo ist das Geld?«

Elsa drückte ein paar Tasten. »Liegt immer noch auf dem Konto.«

Katarina nickte. Sofort zog Vlad ein Stück Papier aus der Hosentasche und hielt es Elsa vor die Nase.

»Überweise Henrikas gesamtes Geld auf dieses Konto«, befahl Katarina. »Jetzt sofort.«

Elsa nahm den Zettel und begann erneut zu tippen. Eine Minute später erklang ein leises Piepen. »Erledigt.«

Sie drehte den Laptop, sodass Katarina den Bildschirm sehen konnte.

Die Ballerina nickte. »Gut. Für deine Kooperationsbereitschaft darfst du ein wenig länger leben. Und jetzt ruf den Code für die Schatzkammer ab.«

Elsa verspannte sich. »Warum?«

»Henrika mag sich von deinem Bruder zurückgeholt haben, was ihr gehört, noch mehr interessiert sie sich aber für all die Kunstgegenstände und den Schmuck in der Schatzkammer deiner Familie«, antwortete Katarina. »Besonders der Nussknacker-Rubin hat es ihr angetan.«

Also hatte Henrika Katarina und ihre Truppe beauftragt, den Ring und die restlichen Sachen aus der Schatzkammer zu stehlen, um die Diebstähle auszugleichen und die Eisen-Familie noch zusätzlich zu bestrafen. Das erklärte auch den Sprengstoff. Sobald die Wertgegenstände aus dem Gewölbe entfernt waren, würden die Söldner die Bomben zünden, um die Zeugen zu töten, die Burg zu zerstören und den riesigen Raubzug so zu verbergen. Clever, effizient, profitabel und vollkommen skrupellos – so ziemlich genau das, was ich von Henrika Hyde erwartet hatte.

»Der Code für den Tresorraum«, wiederholte Katarina. »Jetzt.«

Elsa zögerte, also hob Vlad erneut die Waffe. Elsa umklammerte für eine Sekunde den Laptop, als wollte sie das Gerät hochreißen und dem Söldner ins Gesicht rammen, doch dann legte sie die Hände auf die Tastatur und machte sich an die Arbeit.

Bald erstarrten ihre Finger wieder. »Das ist ... unmöglich.«

»Was?«, fragte Katarina.

»Jemand hat den Code geändert. Von hier aus. Von meinem Laptop.« Elsa beugte sich vor, den Blick unverwandt auf den Bildschirm gerichtet. Schneller und schneller tanzten ihre Finger über die Tastatur. »Ich kann nicht ... ich verstehe nicht ... ich kenne den neuen Code nicht. Es ist, als hätten sie ... die Kombination geändert und dann ... alle Informationen vom Gerät gelöscht.«

Sie sah mit tief getroffener Miene Katarina an. »Der Code ist nicht da. *Wieso* kann ich ihn nicht finden?«

Katarina sprang auf und nickte Vlad zu. »Wir haben einen ungeladenen Gast auf der Party. Kontaktier die anderen. Sofort.«

Vlad nickte und zog das Funkgerät von seinem Gürtel. »Emilio? Emilio, bitte melden.«

Das Funkgerät, das immer noch an meinem Gürtel hing, erwachte knisternd zum Leben. Ich hatte vorhin vergessen, es stumm zu stellen. Verdammt!

Katarina wirbelte herum, unsere Blicke trafen sich. Ihre Miene wurde hart, dann richtete sie die Waffe auf mich. »Keinen ungeladenen Gast – einen Nussknacker zu viel. Komm raus. Sofort. Und zwar langsam.«

Elsa starrte mich schockiert an. Vlad befestigte sein Funkgerät wieder am Gürtel und zielte ebenfalls auf mich. Ich trat zwischen den zwei Nussknackern hervor und legte das Geschenk auf dem Boden ab. Außerdem riss ich mir den furchtbaren Hut vom Kopf und warf ihn zusammen mit dem gestohlenen Funkgerät auf einen Stuhl in der Nähe. Dann vergrub ich die Finger in meinem Haar und kratzte endlich meine juckende Kopfhaut.

Ahh. Was für eine Erleichterung! Ich genoss diesen glückseligen Moment, obwohl ich gerade dem Tod ins Gesicht blickte.

»Ich bin kein Nussknacker«, sagte ich gedehnt und wiederholte damit Desmonds Worte. »Streng genommen bin ich eine Zinnsoldatin.«

Katarina zielte direkt auf meine Brust. »Du wirst eine sehr tote Zinnsoldatin sein, wenn du nicht anfängst zu reden. Wer bist du und was treibst du hier?«

Lügen erschien mir zwecklos, also sagte ich: »Ich arbeite für die Section 47.«

Elsa keuchte und wurde bleich.

Katarina kniff nachdenklich die Augen zusammen. »Also bist du eine Spionin.«

»Streng genommen bin ich Analystin.«

»Mir ist verdammt noch mal scheißegal, was genau du bist«, knurrte Katarina. »Was hast du mit der Schatzkammer angestellt? Wie lautet der Zugangscode?«

Ich deutete auf meine Brust. »Darf ich?«

Sie wedelte auffordernd mit der Waffe. »Langsam.«

Ich griff in meine blaue Uniformjacke und zog den kleinen Zettel mit der Nummernfolge heraus, die ich mir vorhin notiert hatte – den neuen Zugangscode für die Schatzkammer.

»Gib ihn mir«, verlangte Katarina. »*Jetzt.*«

Ich schob mich langsam vorwärts, genau wie Katarina, die mir die Hand entgegenstreckte. Einen Augenblick bevor sie sich den Zettel schnappen konnte, knüllte ich das Papier zusammen, wirbelte herum und schmiss es in den Kamin.

8

Desmond

Mit der Pistole in der Hand eilte ich aus dem Ballsaal und den Flur entlang, wobei ich nach weiteren Söldnern Ausschau hielt. Ich sah zu einer der Kameras an der Decke hoch, weil ich mich fragte, ob mich irgendjemand auf einem Bildschirm beobachtete und gerade Leute losschickte, die mich erledigen sollten. Ich konnte es nicht wissen … aber das war ein Risiko, das ich eingehen musste.

Für Charlotte hätte ich jedes Risiko auf mich genommen.

Je tiefer ich in die Burg eindrang, desto ruhiger wurde es. Das gepresste Schluchzen und nervöse Geplapper aus dem Ballsaal verklangen. Auch sonst hörte ich nichts in den Korridoren, nicht mal das leise Quietschen von Sohlen auf dem glatten Marmor. Katarinas Söldner hatten wahrscheinlich alle Wachen getötet, bevor sie den Ballsaal gestürmt hatten – sowohl innerhalb als auch außerhalb der Burg.

Mit ein wenig Glück hatte Charlotte Elsas Akten kopiert und das Büro wieder verlassen, ohne entdeckt zu werden. Aber wenn es eines gab, was die Arbeit für die Section 47 mich gelehrt hatte, dann, dass man als Spion eher Pech hatte als Glück.

Wenn Charlotte nicht aus dem Büro entkommen war, wenn Katarina und Vlad sie gefunden hatten, dann würden sie sie töten.

Sorgen quälten mich, als würde ich von Rasierklingen in Streifen geschnitten. Ich hatte kein Problem damit, mich selbst in die Schusslinie zu werfen. Das hatte ich als Cleaner schon oft getan, unter anderem vor ein paar Minuten im Ballsaal. Und ich hatte auch Menschen verloren, Kollegen – Freunde –, die einfach nur ihren Job für die Section 47 erledigt hatten, um die Welt etwas sicherer zu machen, für Paranormale genauso wie für normale Menschen.

Graham am Strand beim Sterben zusehen zu müssen, gehörte aber zu den schrecklichsten Erfahrungen meines Lebens. Ich hatte beobachtet, wie das Licht in seinen Augen erloschen war, ohne dass ich ihm helfen konnte – stattdessen hatte ich ihm noch seine letzte Lebenskraft genommen, um mich selbst zu retten. Diese Erfahrung hatte mich auf eine Weise verändert, die ich noch nicht ganz fassen konnte. Doch eines wusste ich sicher: Ich hatte bereits meinen besten Freund verloren. Auf keinen Fall würde ich Charlotte ebenfalls verlieren.

Schuldgefühle brannten in meinem Herzen, sogar noch heißer als die Sorge, die mich von innen heraus zerfraß. Charlotte und ich wollten Antworten von Henrika Hyde. Aber ich war derjenige, der darauf gedrängt hatte, nach Deutschland zu reisen, Elsa Eisens Weihnachtsfeier zu infiltrieren und zu schauen, was wir so herausfinden konnten. Unsere Anwesenheit heute und hier war überwiegend auf meinem Mist gewachsen. Und falls Charlotte etwas zustieß … nun, das würde ich mir *niemals* verzeihen.

Es verblüffte mich immer wieder, wie schnell Charlotte mir ans Herz gewachsen war. Als Cleaner der Section war ich dazu ausgebildet, Leute als Ziele zu sehen, die ich ausschalten musste. Nicht mehr, nicht weniger. Und natürlich sah mein Vater, der General, andere Menschen lediglich als Aktivposten, die er zu seinem Vorteil nutzen konnte, oder als Hindernisse, die es kalt und skrupellos aus dem Weg zu räumen galt.

Mit dieser Vorgeschichte hatte ich mich nicht einmal für fähig gehalten, so intensiv zu empfinden; solche warmen Gefühle und so eine Sorge für eine andere Person zu entwickeln. Doch Charlotte durchschaute meinen Macho-Cleaner-Bullshit, was ich mehr bewunderte, respektierte und schätzte, als ihr wahrscheinlich bewusst war. Noch überraschender war vielleicht, dass ich Charlotte genauso sehr vertraute, wie ich Graham vertraut hatte: vollkommen und absolut. Und ich hoffte, dass sie für mich ebenso empfand.

Vielleicht würde ich endlich den Mut finden, ihr diese Frage zu stellen, wenn ich sie aufgespürt hatte. Und ich würde sie aufspüren. Mir war vollkommen egal, wie viele Söldner zwischen uns standen.

Schließlich waren die Gangster nur Ziele, die ich ausschalten musste.

Ich beschleunigte meine Schritte, die Waffe im Anschlag, immer aufmerksam. Ich hielt nach der kleinsten Bewegung Ausschau; nach allem, was ungewöhnlich wirkte und nicht zu den festlichen Dekorationen in der Burg passte …

»Hast du das gehört?«, fragte eine Stimme.

Ich blieb abrupt stehen und presste mich gegen eine Wand.

»Was?«, fragte eine andere Stimme.

»Ich habe es auch gehört«, meldete sich eine dritte Stimme zu Wort. »Klang wie Schritte.«

Ich schlich weiter, wobei ich darauf achtete, meine Bewegungen lautlos zu halten. Als ich das Ende des Flurs erreichte, ließ ich mich auf ein Knie sinken, damit ich ein kleineres Ziel bot, und spähte um die Ecke.

In dem angrenzenden Flur hielten sich drei Söldner auf, direkt vor dem Holzgeländer der großen Prunktreppe, die in die Haupthalle der Burg hinaufführte. Vor dem Handlauf standen schwarze Sporttaschen auf dem Boden, neben mehreren Spulen

Sprengschnur und einem offenen Metallkoffer. Ich konnte nicht in den Koffer sehen, aber es war offensichtlich, dass die Gangster vorhatten, die Burg mit allen darin befindlichen Personen in die Luft zu sprengen.

Am anderen Ende des Flurs stand eine Glastür offen, sodass der kalte Wind Schnee ins Gebäude wehte. Ein Windstoß ließ die Tür weiter aufschwingen. Sofort wirbelten alle drei Söldner herum und rissen ihre Pistolen nach oben. Nach ein paar Sekunden entspannten sie sich aber wieder.

»Das war nur der Wind«, meinte einer der Männer. »Wir sollten uns beeilen und die Treppe fertig verkabeln.«

Die beiden anderen Männer murmelten zustimmend, dann steckten sie ihre Waffen ein und begannen erneut damit, Sprengschnur um das Geländer zu winden.

Ich konnte zurückweichen und mir einen anderen Flur suchen, damit ich an ihnen vorbeikam … aber das hätte mich kostbare Zeit gekostet, die Charlotte vielleicht nicht mehr zur Verfügung stand. Ich musste so schnell und lautlos wie möglich an diesen Kerlen vorbei, besonders, da ich nicht wusste, wie viele Männer sich noch in der Burg aufhielten und Bomben platzierten. Wenn meine gestohlene Pistole einen Schalldämpfer gehabt hätte, hätte ich sie einfach erschossen, aber so einfach war das Leben als Cleaner für gewöhnlich nicht. Ich musste die Söldner auf eine andere Weise erledigen.

Ich stand auf, schob mir die Pistole in den hinteren Hosenbund und zog meine Uhr aus der Westentasche. Dann setzte ich meinen Galvanismus ein, um den elektrischen Strom zu packen, der durch den Kristalllüster über den Köpfen der Gangster floss.

Die Elektrizität strömte warm und gleichmäßig dahin, sodass es sich anfühlte, als hätte ich meine Hände in angenehm temperiertes Wasser getaucht. Ich ließ die Energie durch meinen Körper fließen und heilte damit alle Schnitte, Prellungen und Platzwunden, die ich bei dem Kampf im Ballsaal davongetragen hatte. Gleichzeitig sammelte ich so Energie für den Kampf, der vor mir lag. Und sobald ich fertig war, schaltete ich den Strom ab.

Eine trübe Dunkelheit legte sich über den Flur. Die drei Söldner sahen zum Kronleuchter auf.

»Hey!«

»Was ist mit dem Licht?«

»Verdammte alte Schaltkreise ...«

Während sie sich lauthals beschwerten, trat ich um die Ecke und schlich mich vor. Ich hielt mich dicht an der Wand, meine Uhr in der Hand. Ich war bei Weitem nicht so verstohlen wie Gabriel mit seinem Phasing, aber ich arbeitete schon sehr lange Zeit als Cleaner und wusste genau, wie ich mich an Zielpersonen heranschleichen musste ...

Knirsch.

Ich trat auf ein Stück Glas am Boden. Die drei Söldner wirbelten herum. Trotz der Dunkelheit entdeckten sie mich sofort. Alle drei griffen nach ihren Waffen.

Ich war bereits zu weit gekommen, um mich wieder hinter die Ecke zurückzuziehen, also rannte ich los. Gleichzeitig gab ich den Strom frei. Der Kronleuchter erstrahlte wieder, und meine Gegner blinzelten überrascht. Dieses leichte Zögern ermöglichte es mir, den Abstand zwischen uns zu überbrücken, die Waffe des ersten Mannes zur Seite zu schlagen und ihm meine lange Uhrenkette um den Hals zu schlingen.

Der Gangster schlug mit den Fäusten nach mir, aber ich ignorierte die harten Treffer gegen meine Rippen und zog die Kette fester, um ihn zu erwürgen. Gurgelnd prügelte er weiter auf mich ein. Seine Schläge wurden immer verzweifelter. Fluchend richteten die anderen zwei Männer ihre Waffen auf mich, also löste ich die Kette vom Hals des Kerls und schubste ihn auf seine Freunde zu.

Die zwei Gangster sprangen zur Seite, doch leider in dieselbe Richtung, sodass sie gegeneinanderstießen und ihre Waffen verloren. Der erste Mann knallte gegen das Geländer und stürzte darüber. Einen Augenblick später hörte man den harten Aufprall seines Körpers.

Wieder zuckten die Söldner zusammen, doch ich war bereits in Bewegung. Mit der Uhr in der Hand duckte ich mich unter einem wilden Schlag hinweg und sprang hinter den ersten Mann. Ich schlang ihm die Kette um den Hals, dann zog ich sie zur Seite, als risse ich einen Gürtel aus einer Hose. Die scharfen Seiten der Glieder schnitten ihm die Kehle durch, und er sank tödlich verletzt zu Boden.

Der dritte Söldner knurrte, dann stürzte er sich auf mich wie ein hungriger Yeti auf ein Rentier. Ich versuchte, ihm auszuweichen, aber er packte mein Jackett. Der Gangster schlug mir die Uhr aus der Hand, dann zog er mich nach vorn und rammte mir gleichzeitig die Faust ins Gesicht. Schmerzen explodierten in meinem Kiefer, und weiße Punkte tanzten vor meinen Augen.

Ich schüttelte den Effekt des Schlages ab und rammte dem Mann die Faust gegen die Brust. Der grunzte, ließ mich aber nicht los, also prügelte ich weiter auf ihn ein. Zwei, drei, vier Schläge. Endlich lockerte er seinen Griff an meiner Jacke.

Diesmal rammte ich ihm die Faust mitten ins Gesicht. Die Nase des Mannes brach mit einem befriedigenden Knacken unter meinen Knöcheln. Tränen und Blut rannen ihm übers Gesicht, doch er warf sich nur noch einmal knurrend auf mich.

Ich trat zurück, nur um über eine der Sporttaschen zu stolpern. Ich fiel, und mein Knie knallte hart auf den Boden. Ich stieß ein Grollen aus, aber bevor ich mich wieder aufrichten konnte, rammte mir der Söldner das Knie gegen das Kinn. Wieder sah ich Sterne. Mein Gehirn schien gegen die Seiten meines Schädels zu knallen, aber ich stemmte eine Hand auf den Boden und trat ihm die Beine unter dem Körper weg.

Mit einem überraschten Aufschrei kippte der Söldner nach vorn und landete auf mir. Prügelnd rollten wir über den glatten Marmor. Schmerzen und Energie durchfuhren meinen Körper. Dieser Kerl war schnell, gut ausgebildet und stark, und er erwiderte meine Attacken genauso brutal.

Irgendwann gelang es meinem Gegner, sich über mich zu rollen. Er packte meinen Kopf, riss ihn nach oben und knallte meinen Hinterkopf auf den Boden. Mir wurde schwarz vor Augen, meine Gedanken schienen sich vom Rest des Körpers zu lösen. Ich fühlte mich wie eine ausgebrannte Birne im Strang einer Lichterkette.

Der Söldner riss den Arm zurück, um mich erneut zu schlagen. In der letzten Sekunde – einen Augenblick bevor die Attacke ihr Ziel fand – riss ich den Kopf zur Seite, sodass seine Faust stattdessen den Boden traf. Der Kerl heulte vor Schmerz, beugte sich aber trotzdem vor, legte die Hände um meinen Hals und drückte zu, fester und fester.

Wieder und wieder schlug ich auf ihn ein … aber er war ein Enduro und damit viel stärker als ich. Er ignorierte meine Attacken, als wären sie so unwichtig wie Papierschnitte. Außerdem setzte er sein Gewicht ein, um mich am Boden festzunageln, sodass ich die Pistole in meinem hinteren Hosenbund unmöglich erreichen konnte. Ich konnte nur irgendwie über den Boden gleiten, wie eine Maus, die versuchte, einer riesigen Wildkatze zu entkommen.

Nachdem meine Fäuste offensichtlich nichts ausrichten konnten, tastete ich mit der Hand über den Marmor, auf der Suche nach irgendetwas, das ich als Waffe einsetzen konnte. Meine Taschenuhr, die Pistole eines anderen Söldners, irgendetwas. Ich hätte mich sogar mit einer heruntergefallenen Zuckerstange zufriedengegeben. Es spielte keine Rolle. Aber ich ertastete in alle Richtungen nur glatten Stein …

Meine rechte Hand berührte etwas Langes, Hartes, Dünnes, das klirrend über den Boden glitt. Ich drehte den Kopf verzweifelt ein kleines Stück und entdeckte den abgebrochenen Stiel einer Champagnerflöte.

Stöhnend streckte ich mich, so gut es ging, aber ich konnte das Glas nicht ganz erreichen. Der Söldner packte noch fester zu, und erneut begannen Punkte vor meinen Augen zu tanzen.

Charlotte zog mich immer damit auf, dass mir ein wenig Yoga guttun würde – ein paar Dehnübungen zusätzlich zu meinem Ausdauer- und Krafttraining. Und in diesem Moment, in dem mir nur ungefähr fünfzehn Zentimeter fehlten, um diese potenzielle Waffe zu packen und mein Leben zu retten, musste ich ihr zustimmen.

Doch der Gedanke an Charlotte und die Gefahr, in der sie schwebte, motivierte mich, also packte ich dieses Knäuel aus Schmerzen und Energie, das meinen Körper erfüllte, und schickte all die Kraft in meine Beine. Ich grub die Fersen in den Boden und stieß mich ab wie ein Hochspringer, der sich nach oben katapultiert.

Mein Körper glitt über den Boden und zog den Söldner mit. Knurrend verstärkte er seine Anstrengungen, mich zu erwürgen, aber ich konzentrierte mich ganz auf dieses Stück Glas, streckte wieder und wieder die Hand danach aus …

Und endlich schlossen sich meine Finger um den Stiel.

Sobald ich das Glas sicher gepackt hatte, riss ich die Hand hoch und rammte dem Söldner die Spitze des zerbrochenen Stiels tief in den Hals.

Seine Augen traten fast aus den Höhlen, und er schrie vor Schmerz. Seine Hände lösten sich von meinem Hals, weil er sie nach oben riss, um sich ungeschickt an der improvisierten Waffe zu schaffen zu machen. Er wirkte ein wenig wie ein Hund, der sein Halsband kratzt. Ich zog das rechte Bein zwischen unsere Körper und trat den Kerl von mir herunter. Er fiel zur Seite um, wobei er weiter versuchte, sich das spitze Glas aus der Haut zu ziehen.

Ich hob mich auf die Knie und vergrub die Finger in seinem Haar. Immer noch erfüllt von der Energie der eingesteckten Schläge, rammte ich den Kopf des Gangsters auf den Boden. Einmal, zweimal, dreimal, viermal.

Knack.

Endlich brach der Knochen seines Schädels, und der Söldner erschlaffte. Blut drang unter seinem Kopf hervor und vergrößerte die Pfütze, die aus seinem Hals getropft war.

Ich gab meinen Gegner frei, ließ mich auf die Fersen sinken und sog verzweifelt Luft durch meine gequetschte Kehle in die Lunge. Mein Blick fiel auf den abgebrochenen Glasstiel im Hals des Mannes. Wo war das Ding hergekommen?

Ich sah mich um. Unter einem nahestehenden Tisch lag ein silbernes Tablett, und die zerbrochenen Überreste mehrerer Gläser waren an die Wand geschoben worden. Nun, das erklärte die Scherbe, auf die ich vorhin getreten war.

Sorge fuhr mir wieder in die Knochen. Als ich Charlotte das letzte Mal gesehen hatte, hatte sie ein Tablett mit Champagnerflöten getragen. Vielleicht hatte sie es gar nicht bis zu Elsas Büro geschafft. Vielleicht hatten die Söldner sie schon vorher entdeckt.

Vielleicht war sie bereits tot.

Nein. Eilig verdrängte ich diesen grauenhaften Gedanken. Charlotte Locke war die klügste Person, die ich kannte, mit ihrem großen Gehirn war sie in der Lage, sich aus jeder Situation herauszuwinden. Sie war nicht tot. Ich wollte nicht einmal daran denken, nicht mal für eine einzige, verdammte *Sekunde*.

Aber sie schwebte wahrscheinlich in Gefahr ... und ich würde jede Person in dieser Burg töten, bis das nicht mehr galt.

Entschlossenheit verdrängte einen Teil meiner Sorge, also atmete ich ein weiteres Mal tief durch und kämpfte mich auf die Beine. Ich schnappte mir meine Uhr vom Boden und schob sie wieder in die Westentasche. Mein Blick landete auf dem offenen Metallkoffer, der immer noch vor dem Holzgeländer der Treppe stand. Alles, was ich über die Söldner und ihre Waffen – besonders ihren Sprengstoff – in Erfahrung bringen konnte, könnte mir – und auch Charlotte – weiterhelfen, also humpelte ich in diese Richtung.

In dem kleinen Koffer lagen mehrere Quader aus einer weißen Substanz, die ich für Sprengstoff hielt, zusammen mit mehreren digitalen Zündern ... und ein paar Glasphiolen. Neugierig zog ich eines der kleinen Glasfläschchen heraus und hielt es ans Licht.

Die Phiole selbst war nichts Besonderes, aber die dickflüssige Substanz darin sah aus wie Blut. Gleichzeitig stieg mir ein leichter Geruch in die Nase: klebrig süßer Honig gepaart mit verfaulten Eiern.

Mir lief ein eisiger Schauder über den Rücken, der nichts mit der kalten Luft und dem Schnee zu tun hatte, die immer noch durch die offene Tür am Ende des Flurs drangen. Ich kannte diesen schrecklichen Geruch. Er hatte sich an dem Tag in meine Nase eingebrannt, als Adrian Anatoly am Strand die Falle aus Bomben um mich und Graham herum gezündet hatte.

Obwohl ich diese Flüssigkeit noch nie gesehen hatte, wusste ich *genau*, worum es sich handelte. Redburn, Henrika Hydes besonderer Sprengstoff.

Die Burg um mich herum verschwand ... und plötzlich befand ich mich wieder an diesem Strand, mitten in der Explosionszone, und katalogisierte die Zerstörung um mich herum, als befände ich mich in einer dystopischen Wildnis.

Der einst weiße Sand war schwarz verfärbt und rauchte. Es gab keinerlei Leben um mich herum, keine Energie, keine Bewegung. Es herrschte absolute Stille, als hätte selbst das Meer zusammen mit allem anderen die Bewegung eingestellt. Und dann war da ich, saß im Zentrum der Zerstörung und drückte Grahams leblosen Körper an die Brust. Und ich heulte all den Schmerz, das Leid, die Trauer und Schuldgefühle aus mir heraus, die in meinem Herz brannten, so wie die Bomben unsere Haut verbrannt hatten …

Der Kronleuchter flackerte und riss mich aus meinen finsteren Erinnerungen.

Wieder einmal hatte ich unbewusst nach der nächstgelegenen Energiequelle gegriffen, um mir selbst zu versichern, dass ich im Moment nicht so machtlos war wie damals an diesem Strand. Dass nicht alle in der Burg einer Redburn-Explosion zum Opfer fallen würden, wie es bei mir und Graham der Fall gewesen war. Dass Henrika Hyde keine Unschuldigen als Versuchskaninchen einsetzen würde – einfach nur, um potenziellen Käufern zu beweisen, wie tödlich, grauenhaft und effektiv ihr neuartiger Sprengstoff war.

Dass Charlotte nicht auf dieselbe Weise sterben würde wie Graham.

Dass ich sie nicht – wie ihn – im Stich lassen würde.

Zitternd stieß ich den Atem aus, wischte mir den kalten Schweiß von der Stirn und gab die elektrische Strömung frei. Sofort leuchtete der Kronleuchter wieder hell und gleichmäßig.

Mein Blick fiel erneut auf die Phiole. Ich schloss die Finger um das Glas. Sosehr ich sie auch in Stücke schlagen wollte, das durfte ich nicht. Vor allem, da ich nicht wusste, wie stabil der Sprengstoff war oder was ihn auslöste. Schließlich wollte ich mich nicht versehentlich selbst in die Luft sprengen, zusammen mit diesem Teil der Burg.

Vorsichtig schob ich die Phiole zu den anderen zurück und schloss den Deckel des Koffers. Doch ich konnte den Sprengstoff nicht einfach hier herumstehen lassen. Ein anderes Team der Söldnertruppe konnte vorbeikommen und die Arbeit fortsetzen. Ich musste den Koffer verstecken. Aber wo? Hier im Flur gab es nur die toten Söldner und eine ganze Menge Weihnachtsdeko …

Mein Blick landete auf einem Haufen farbenfroher Geschenkkartons zu Füßen eines Nussknackers, der sich einen Pfefferkuchenmann vor den Mund hielt, als wollte er der Gestalt den Kekskopf abbeißen. Das konnte funktionieren.

Ich schnappte mir den Metallkoffer, ging hinüber und öffnete den Deckel von einem der Deko-Geschenke. Wie erhofft war der Karton leer, also schob ich den Koffer hinein und legte den Deckel wieder darauf. Ich schob das Geschenk hinter ein paar andere, dann prägte ich mir seine Position ein. Kein besonders einfallsreiches Versteck, aber doch das Beste, was momentan …

Ein Schrei durchschnitt die Luft.

Ich erstarrte, dann versuchte ich instinktiv, herauszufinden, woher das Geräusch gekommen war. Doch der Schall wurde von den dicken Wänden der Burg zurückgeworfen, sodass ich nur seltsame Echos wahrnahm.

Ich lauschte ein paar Sekunden lang, aber es war nichts mehr zu hören. Ich fragte mich, ob das wohl daran lag, dass die betreffende Person einfach nicht mehr schreien konnte, weil sie tot war.

Wut und Sorge stiegen in mir auf. Der Kampf mit diesen drei Kerlen hatte mich wertvolle Zeit gekostet. Zum Teufel mit Vorsicht und Heimlichkeit! Ich musste Charlotte finden, bevor es zu spät war.

Ich zog dem toten Söldner ein paar zusätzliche Magazine für

die Pistolen aus den Gürteln und stopfte sie mir in die Taschen, bevor ich auch meine gestohlene Waffe lud. Dann eilte ich den Flur entlang, entschlossen, jeden zu töten, der sich zwischen Charlotte und mich stellte.

9

Charlotte

Katarina stieß einen wütenden Schrei aus und eilte zum Kamin, aber es war zu spät. Das Papier war bereits von Flammen umgeben, der Code buchstäblich in Rauch aufgegangen.

Sie beobachtete, wie sich das Papier schwarz verfärbte. Der Frust und die Wut in ihrer Miene erfüllten mich mit finsterer Befriedigung. Elsa schob sich langsam in Richtung Terrassentür vor, aber Vlad zielte kopfschüttelnd mit der Waffe auf sie. Elsa erstarrte, ihr Fluchtversuch war gestoppt, bevor er richtig begonnen hatte.

Katarina wirbelte zu mir herum, der Zorn in ihren Augen brannte genauso heiß wie die Flammen im Kamin. »Du dämliches Miststück!«

Das war nur der Auftakt zu minutenlangen Unflätigkeiten in verschiedenen Sprachen. Ich erkannte nur ein paar der Begriffe, aber der Wortschatz, mit dem Katarina meine bloße Existenz auf Erden verfluchte, war wirklich eindrucksvoll. Andererseits war sie eine Enduro und konnte wahrscheinlich stundenlang fluchen, ohne zu ermüden.

Vlad behielt mich im Blick, während Elsa sich im Büro umsah, als könnte sie so einen Weg finden, es lebend zu verlassen. Doch ich hatte mir schon einen Plan zurechtgelegt –, der besser war, als einen bewegungslosen Nussknacker zu imitieren.

Irgendwann verstummte Katarina. Sie kniff die Augen zusammen und musterte mich genauer. »Du musst Charlotte Locke sein, die kleine Spionin, von der Henrika mir berichtet hat. Diejenige, die in letzter Zeit ein wahrer Stachel in ihrem Fleisch ist.«

Ehrlich, es überraschte mich, dass die Waffenhändlerin meinen Namen erwähnt hatte, aber auch diesmal schien eine Lüge keinen Vorteil zu bringen. »Jepp, die bin ich.«

»Als Henrika meinte, sie käme deinetwegen nicht zur Weihnachtsfeier, habe ich sie wirklich für paranoid gehalten«, sagte Katarina. »Aber anscheinend hatte sie recht damit, dass du ihr dicht auf den Fersen bist.«

»Wie geht es Henrika?«, fragte ich, um mir meinen Frust nicht anmerken zu lassen.

»Oh, es geht ihr prima. Sie findet deine verzweifelten Versuche, sie aufzuspüren und zur Befragung abzuführen, ziemlich amüsant.« Katarina gluckste. »Dafür ist Henrika viel zu clever. Und sie hat zu viele hochrangige Freunde, als dass eine kleine Spionin der Section 47 sie je zur Strecke bringen könnte. Selbst wenn es dir gelänge, Henrika verhaften zu lassen, wäre sie innerhalb von Stunden wieder auf freiem Fuß. Also bist du für sie nicht nerviger als ein Muskelkrampf für mich.«

Wahrheit, flüsterte meine innere Stimme. Katarina glaubte jedes Wort, das sie sprach. Ich fragte mich, ob Henrikas mysteriöse Freunde wohl Teil des Syndikats waren – oder vielleicht sogar zur Section 47 gehörten. Das würde erklären, wie es ihr gelungen war, Desmond und mir in den letzten Wochen immer einen Schritt voraus zu sein.

Wut kochte in mir hoch und verband sich mit meinem Frust, daher konnte ich mir einen bissigen Kommentar einfach nicht verkneifen. »Oh, ich war doch etwas mehr als nur nervig, wenn man bedenkt, dass ich Henrikas Maulwürfe bei der Section habe auffliegen lassen. Ganz zu schweigen davon, dass ich verhindert habe, dass sie das Grünglas-Collier in die Finger kriegt.«

Katarina neigte den Kopf, um meine Argumente anzuerkennen. »Vielleicht. Aber das alles ändert nichts daran, dass du heute Abend sterben wirst.«

Sie trat vor und zielte mit ihrem Revolver auf meine Brust. Vlad unterdrückte ein Gähnen und sah auf die Uhr, während Elsa mit großen Augen nach Luft schnappte.

Ich starrte in den Lauf von Katarinas Waffe, die in meinen Augen jetzt in grellem Blutrot leuchtete, und konzentrierte mich auf meine eigene Atmung.

Ein und aus … langsam, gleichmäßig, kontrolliert.

Das rote Leuchten verblasste, und Ruhe breitete sich in mir aus. Wegen der Arbeit meines Vaters für die Section 47 war ich als Kind mehrfach bedroht, entführt und verletzt worden … also war ich daran gewöhnt, mich am falschen Ende einer Waffe wiederzufinden. Und natürlich hatte ich mich vor mehreren Wochen willentlich in Gefahr begeben und wäre bei dem Versuch, die Verräter in der Section 47 auffliegen zu lassen, mehrfach fast ums Leben gekommen. Wenn überhaupt, stärkte das nur meine Entschlossenheit, alles zu tun, was zum Überleben nötig war – und dieses Miststück in ihrem eigenen Spiel zu schlagen.

»Wäre ich du, würde ich das nicht tun«, meinte ich.

»Warum nicht?«, antwortete Katarina, und Zorn färbte ihre Wangen wie frisch aufgetragenes Rouge. »Bisher hast du alles nur komplizierter gemacht. Außerdem hat Henrika mir einen Bonus versprochen, wenn ich dich umbringe.«

»Wirklich? Wie viel bin ich wert?«

»Genug für die geringe Mühe«, schoss Katarina zurück.

Ich wollte nach der exakten Summe fragen, aber ihr Finger fand den Abzug. Definitiv nicht der richtige Moment für meine morbide Neugier in Bezug auf das Preisschild, das Henrika mir aufgeklebt hatte.

»Aber ist es so viel wert, mich zu töten, dass du dir all diese Kostbarkeiten in der Schatzkammer entgehen lässt?« Ich tippte mir mit dem Zeigefinger gegen die Stirn. »Denn ich habe mir den Code gemerkt.«

Ein schockiertes Schweigen breitete sich im Büro aus, als Katarina, Vlad und sogar Elsa mich entgeistert anstarrten.

»Du hast dir den Safecode gemerkt?«, höhnte Katarina. »Das glaube ich dir nicht. Er hat sechzehn Stellen!«

»Tatsächlich habe ich ihn auf dreiundzwanzig Stellen verlängert. Aber wer zählt so was schon?« Ich grinste sie an. »Oh, Moment. *Ich* zähle. Kleiner Scherz.«

Katarinas linker Augenwinkel begann zu zucken, ein klares Zeichen, dass ich ihr auf die Nerven ging. Sie sah Vlad an, der nur mit seinen breiten Schultern zuckte.

»Sie sagt die Wahrheit«, schaltete Elsa sich ein. »Sie hat sich den Code tatsächlich eingeprägt.«

»Woher willst du das wissen?«, fragte Katarina.

»Meine Synästhesie«, antwortete Elsa. »Sie lässt mich nicht nur Antiquitäten authentifizieren, sondern hilft mir auch dabei, zu erkennen, ob jemand lügt oder nicht.«

Ich starrte sie an, doch zur Abwechslung blieb meine innere Stimme stumm. Ich hatte keine Ahnung, ob ihre Magie meine neutralisierte – aber dann hätte das andersherum auch der Fall sein müssen. Egal warum, ich konnte nicht erkennen, ob Elsa die Wahrheit sprach und dieselbe paranormale Fähigkeit besaß wie ich. Auf jeden Fall versuchte Elsa, mir zu helfen – versuchte, uns beide am Leben zu halten –, also nickte ich ihr kurz zu. Sie erwiderte die Geste. Im Moment war uns beiden klar, dass wir die andere brauchten, um nicht zu sterben.

Ich konzentrierte mich wieder auf Katarina. »Willst du den

Nussknacker-Rubin noch? Dann erschieß mich nicht und bring mich zur Schatzkammer.«

Katarina starrte mich an, den Finger immer noch am Abzug. Die brennende Wut ließ ihre Augen fast noch heller funkeln als die pflaumenfarbene Kristallkrone auf ihrem Kopf. Sie machte einen Schritt nach vorn, als wollte sie mich trotz allem erschießen.

Ich verspannte mich und verlagerte mein Gewicht, bereit, mich zur Seite zu werfen und hinter dem nächststehenden Nussknacker Deckung zu suchen.

Doch Katarina stieß nur einen weiteren frustrierten Schrei aus, auch wenn dieser bei Weitem nicht so laut war wie ihr erster Ausbruch.

»Schön«, knurrte sie und senkte die Waffe. »Ich werde dich zur Schatzkammer bringen, Charlotte Locke. Aber wenn du sie nicht öffnen kannst, färbe ich die Wände mit deinem Blut.«

Katarina stapfte zur Tür, riss sie auf und verließ das Büro. Vlad wedelte mit seiner Pistole, sodass Elsa und mir keine andere Wahl blieb, als der Ballerina zu folgen.

»Bring uns zur Schatzkammer«, befahl Katarina. »Sofort.«

Elsa ging mit schnellen Schritten den Flur entlang. Ich reihte mich neben ihr ein. Katarina und Vlad folgten uns, die Waffen in den Händen.

Auf dem Weg durch die Burg rief ich meine Synästhesie und schärfte auch meine anderen Sinne, in der Hoffnung, Desmond hinter irgendeiner Säule versteckt zu entdecken – oder Gabriels Schatten, der über die Wand glitt. Aber ich sah nichts Derartiges. Und ich hörte auch keine verräterischen Schüsse.

Vlad zog sein Funkgerät heraus und befahl seinen Männern, sich zu melden, doch es folgte nur ein statisches Knistern. Er und Katarina wechselten einen besorgten Blick, dann schnippte sie vor Elsa mit den Fingern.

»Beeil dich«, befahl sie.

Elsa beschleunigte ihre Schritte, und ich passte mich an. Irgendwann erreichten wir die große Prunktreppe in der Mitte der Burg … und unsere gesamte Gruppe blieb überrascht stehen.

Vor uns lagen zwei tote Söldner verdreht auf dem Boden. Ihr Blut verunzierte die weißen Marmorplatten, als hätte jemand Rotwein verschüttet. Hinter dem Geländer entdeckte ich einen weiteren toten Söldner im Erdgeschoss unter uns.

»Was zum Teufel ist hier passiert?«, knurrte Vlad.

Er drängte sich so unsanft an mir vorbei, dass ich gegen einen nahestehenden Tisch knallte. Wie alle anderen Tische in der Burg war auch er mit Weihnachtsdekorationen beladen. Eilig streckte ich die Hand aus, schnappte mir einen gläsernen Schneemann aus der Menagerie von Kristallfiguren und verbarg meinen Arm hinter dem Rücken.

Katarina stieß einen weiteren Fluch aus, dann bedachte sie mich mit einem bösen Blick. »Wie viele Agenten der Section 47 haben dich hierher begleitet?«

»Genug.«

Das war die reine Wahrheit. Desmond und Gabriel waren beide hoch qualifizierte Cleaner. Sie konnten zusammen eine ganze Armee von Söldnern ausschalten.

»Das ist keine Antwort!«, zischte Katarina und zielte erneut mit ihrem Revolver auf mich. »Wie viele Agenten haben dich begleitet? Sag es mir! Jetzt!«

Ich lächelte nur schief. Wir wussten beide, dass sie mich nicht erschießen würde. Zumindest nicht, bevor ich ihr den Code überlassen hatte.

Katarina senkte die Waffe, tigerte vor dem Geländer auf und ab und verfluchte ein weiteres Mal äußerst kreativ meine Existenz.

Vlad drehte sich zu ihr um. Sobald er abgelenkt war, packte

ich den Kristallschneemann fester, sprang vor und schlug ihm die Figur auf den Hinterkopf.

Der Schneemann zerbrach. Vlad zischte und stolperte nach vorn. Er rammte Katarina, und die beiden fielen gemeinsam um.

»Lauf!«, rief ich Elsa zu. »Los, los, los!«

Elsa hob den Rock und rannte den Flur entlang. Ich folgte ihr eilig.

Peng!

Peng! Peng!

Peng!

Kugeln sausten um uns herum, trafen Wände und Möbel. Neben meinem Ellbogen zersprang ein Keramik-Rentier auf einem Tisch. Ich rannte noch schneller und verfluchte die geliehenen Stiefel, die meine Zehen einquetschten. Wieso musste ich immer dann um mein Leben rennen, wenn ich meine gewohnten Sneaker gerade nicht anhatte?

»Ich brauche sie lebend, du Idiot!«, erklang Katarinas Stimme hinter mir.

Der Beschuss hörte auf, und wir rannten um eine Ecke.

»Hier entlang!«, schrie Elsa. »Der Ballsaal ist auf der anderen Seite der Küche!«

Sie stieß eine Tür auf, und ich folgte ihr in eine der vielen Küchen der Burg. Eilig knallte ich die Tür hinter mir zu, schnappte mir einen stabilen Stuhl von der Wand und klemmte ihn unter den Türknauf, um uns ein paar kostbare Sekunden zu erkaufen.

»Los, los!«, schrie Elsa. »Ich muss Lina finden!«

Ich folgte ihr um eine Ecke, dann mussten wir beide abrupt anhalten, um nicht gegen den Mann zu rennen, der plötzlich vor uns erschien.

Chef Jacques stand vor einem schweren Holztisch und rührte mit einem langen Holzlöffel in einem großen Topf mit weißem Zuckerguss. Verwirrt starrte er uns an. »Was treibt ihr hier?«

Was trieb er hier? Hatten die Söldner ihn irgendwie übersehen?

Hinter uns bebte die Tür. Vlad warf sich offenbar mit der Schulter dagegen, um sie aufzubrechen. Mit seiner paranormalen Stärke würde er es bald schaffen. Ich wollte gerade Chef Jacques' Arm packen, um ihn in Sicherheit zu bringen, doch da fiel mir ein silbern glänzender Gegenstand ins Auge, der schnell blutrot wurde …

Chef Jacques stach mit einem langen, scharfen Messer nach mir. Ich riss den Arm hoch, um mich zu schützen, sodass die Klinge nur meinen Unterarm traf und nicht meine Brust. Mit einem Aufschrei taumelte ich gegen den Tisch. Zu meiner Überraschung begann die Substanz im Topf, heftig zu brodeln, als wäre es weiße Lava, die jeden Moment nach oben schießen konnte.

Eilig rückte ich von dem Behälter ab. Zu viel Zucker mochte mich eines Tages zwar vielleicht umbringen, aber sicher nicht, indem er mir ins Gesicht explodierte. Das da war definitiv *kein* Zuckerguss.

Elsa versuchte, sich an Jacques vorbeizudrängen, aber er vergrub die Finger in ihrem blonden Haar und schleuderte sie gegen eine Wand. Ich dagegen versuchte, mir eine schmiedeeiserne Pfanne von einer Arbeitsfläche zu schnappen.

Jaques wirbelte herum und warf sein Messer nach mir. Die Klinge bohrte sich nur Zentimeter vor meinen Fingern in das schwere Holz. Mit einem weiteren Aufschrei riss ich die Hand zurück.

Die Tür gab nach. Vlad und Katarina eilten in die Küche und richteten ihre Pistolen auf Elsa und mich. Wir erstarrten beide.

»Danke, Jacques. Ich wusste doch, dass ich mich auf dich verlassen kann.« Katarinas Blick huschte zu dem großen Metalltopf. »Irgendwelche Schäden?«

Er schüttelte den Kopf. »Nein. Mein Sprengstoff wird sich in ein paar Minuten wieder beruhigt haben.«

Ich beäugte die weiße Substanz. Er hatte recht. Das Brodeln hatte bereits nachgelassen.

Ich verstehe allerdings nicht ganz, wie er es geschafft hat, den Auftrag für die Weihnachtsfeier zu erhalten … sein Essen ist wirklich nichts Besonderes, hörte ich Marias Stimme in meinem Kopf.

Ich hatte den Worten der Kellnerin im Ballsaal keine große Aufmerksamkeit geschenkt … jetzt wurde mir aber bewusst, dass Chef Jacques noch ganz andere Dinge zusammenbrauen konnte als Partyessen. Er hatte sich hier damit vergnügt, noch mehr Sprengstoff zusammenzurühren, mit dem Katarina und der Rest ihrer Mannschaft die Burg zerstören konnten.

Jacques stützte die Hände in die Hüften und musterte mich abfällig. *»Imbécile«*, meinte er fröhlich.

Ich unterdrückte ein Stöhnen. Zur Abwechslung hatte er mal recht.

10

Desmond

Mit der Waffe in der Hand eilte ich durch einen Flur nach dem anderen, wobei ich immer nach weiteren Gangstern Ausschau hielt. Ich musste Charlotte finden, bevor jemand anderes es tat …

Peng!

Peng! Peng!

Peng!

Mehrere Schüsse hallten durch die Luft.

Eilig hielt ich an und presste mich gegen die Wand, aber vor mir erschienen keine Feinde, und ich konnte nicht genau sagen, aus welcher Richtung die Schüsse gekommen waren. Langsam fing ich an, diese verdammte Burg mit ihren unheimlichen Echos und seltsamen Schallkanälen zu hassen. Hier herumzustehen half allerdings weder mir noch Charlotte, also stieß ich mich von der Wand ab und ging weiter.

Ich wusste nicht, wo die Schüsse abgegeben worden waren – oder ob Charlotte, Gabriel oder jemand anderes das Ziel gewesen war –, aber ich orientierte mich Richtung Büro. Das war der wahrscheinlichste Aufenthaltsort von Charlotte und auch von Elsa, Katarina, Vlad und eventuell noch lebenden, anderen Söldnern.

Weniger als eine Minute später erreichte ich den Korridor, an dem Elsas Büro lag. Die Tür stand weit offen und wurde von niemandem bewacht. Wieder stiegen Sorge und Angst in mir auf, aber ich packte meine Pistole fester und eilte weiter.

Als ich keine Geräusche aus dem Raum hörte, schob ich mich vorsichtig durch den Türrahmen. Ich spähte in jede Ecke, aber das Büro war leer.

Kein Blut, keine Leichen, keine Charlotte.

Zischend stieß ich den Atem aus, aber meine Erleichterung war von kurzer Dauer. Wo war Charlotte? Und wo waren Elsa, Katarina und Vlad?

Ich sah mich etwas genauer im Büro um, konnte aber keine Hinweise auf einen Kampf entdecken. Das Einzige, was mir auffiel, war ein Geschenk, das in einer Ecke auf dem Boden vor zwei Nussknackern lag. Mein Blick glitt weiter, und da entdeckte ich etwas Seltsames: einen schwarzen Hut neben einem Funkgerät auf einem Sessel.

Ich ging hinüber und schnappte mir den Hut, der genauso aussah wie der, den Charlotte vorhin getragen hatte. Er war nicht blutverschmiert, und ich konnte auch keine Einschusslöcher in dem glatten Plastik entdecken. Wieder atmete ich erleichtert aus, auch wenn der Hut mir natürlich nicht verriet, was mit ihr geschehen war.

Ich warf das Ding zur Seite und drehte mich, um meinen Blick erneut durch das Büro gleiten zu lassen. Da wurde mir klar, dass noch etwas aus dem Rahmen fiel: der Laptop, der zu einem der Besucherstühle vor dem Schreibtisch gedreht war.

Neugierig ging ich hinüber und drückte die Leertaste. Der Laptop erwachte aus dem Ruhemodus, und es wurde eine Benachrichtigung sichtbar:

Änderung erfolgreich. Bitte Code manuell eingeben.

Stirnrunzelnd musterte ich die kryptischen Worte. Irgendjemand war vor Kurzem hier gewesen, aber wer? Charlotte, die Dateien heruntergeladen hatte? Oder Elsa, die von Katarina und Vlad gezwungen worden war, ihnen irgendwelche Informationen auszuhändigen?

Wieder drehte sich mir vor Sorge der Magen um, doch ich verdrängte das Gefühl. Stattdessen zwang ich mich, *nachzudenken* – genau wie Charlotte es getan hätte, wenn sie hier gestanden hätte und ich vermisst worden wäre. Als Cleaner war ich dafür ausgebildet, immer das Schlimmste anzunehmen, also tat ich genau das – und das Worst-Case-Szenario lautete, dass Katarina und Vlad Charlotte im Büro überrascht hatten.

Wieder ließ ich den Blick durch den Raum gleiten, auf der Suche nach irgendetwas, das ich bisher vielleicht übersehen hatte. Aber ich konnte nichts entdecken.

Kein Blut, keine Leichen, keine Charlotte.

Die Söldner hatten sie vielleicht entdeckt, Charlotte hatte sie aber davon überzeugen können, sie nicht umzubringen – für den Moment. Was also hatte Charlotte in ihrem Besitz, das Katarina und Vlad wollten?

Mein Blick huschte zu der Nachricht auf dem Laptop-Bildschirm:

Änderung erfolgreich. Bitte Code manuell eingeben.

Langsam breitete sich ein Grinsen auf meinem Gesicht aus, denn plötzlich wusste ich genau, was Charlotte getan hatte. Sie hatte das getan, was sie immer tat – sie hatte Informationen eingesetzt, um die Verbrecher auszutricksen.

»Clever, Ziffer«, murmelte ich. »Wirklich clever.«

Mit der Waffe in der Hand rannte ich aus dem Büro.

Ich wusste jetzt, wohin sie unterwegs waren.

11

Charlotte

Vlad hielt die Pistole auf Elsa und mich gerichtet, während Jacques seinen selbst angerührten Sprengstoff mit einem Löffel in einen kleinen Spritzbeutel überführte, den er dann mit einer Kordel verschloss. Ich schüttelte mich. Nie wieder würde ich Zuckergussverzierungen mit denselben Augen betrachten.

»Bist du dir sicher, dass das Zeug so stabil ist?«, fragte Vlad. »Sieht ganz anders aus als die Quader, die du vor ein paar Tagen angefertigt hast.«

Jacques wog den Beutel in der Hand ab, als wäre er ein Schneeball, den er gleich werfen wollte. »Weil die Formel ein wenig anders ist. Aber das ist reine Chemie, genau wie beim Backen. Außerdem habt ihr mich wegen meiner Sprengstoffexpertise angeheuert, nicht aufgrund meiner Soufflés.«

»Reicht das, um die Tresortür vor der Schatzkammer zu sprengen?«, fragte Katarina. »Wenn wir nicht auf einem anderen Weg reinkommen?«

Jacques nickte. »Absolut. Direkt nach der Anfertigung ist der Sprengstoff am effektivsten, was der Grund ist, aus dem ich diese Charge ganz frisch gekocht habe. Im Moment kann man damit so gut wie alles in die Luft sprengen. Einige der Gegenstände im Inneren werden Schäden davontragen, aber die Schatzkammer ist danach *offen.*«

Er warf Vlad den Spritzbeutel zu, der ihn mit einer Grimasse auffing. Als nach ein paar Sekunden nichts explodierte, warf Vlad dem Küchenchef einen bösen Blick zu, trat vor und rammte dem anderen Mann den Beutel gegen die Brust. Jacques grinste nur breit, als wäre er einer der Nussknacker, dann schob er den Spritzbeutel in die Hosentasche.

Der Küchenchef marschierte zu mir und zog das Messer aus der hölzernen Arbeitsfläche, dann begann er, die Klinge in seiner Hand herumwirbeln zu lassen. Dabei starrte er mich an, als wäre ich eine Weihnachtsgans, die tranchiert werden sollte. »Ich wusste, dass du keine echte Kellnerin sein kannst. Dafür warst du viel zu ungeschickt.«

»Und ich hatte mich schon gefragt, wie so ein mittelmäßiger Koch einen so großen Auftrag an Land gezogen hat«, stichelte ich zurück. »Vor allem, da dein Strudelteig staubtrocken war.«

Seine Wangen röteten sich vor Wut, und er holte Luft, wahrscheinlich, um mich noch einmal zu beleidigen. Katarina wedelte mit der Hand, worauf Jacques seine bösartige Bemerkung herunterschluckte. Doch der Blick, mit dem er mich bedachte, war schärfer als das Messer in seiner Hand.

»Wo sind die anderen?«, fragte Katarina. »Was ist passiert?«

Jacques zuckte mit den Achseln. »Zwei Geiseln haben alle Männer im Saal überwältigt und getötet. Ich war hier in der Küche und habe alles beobachtet.« Er stach mit dem Messer in Richtung einer Schwingtür, in die ein rundes Fenster eingelassen war. »Diese beiden Kerle haben eure Männer niedergemacht, als wären es Pappkameraden. Ich hatte vor, die Küchentür mit Sprengstoff zu präparieren, für den Fall, dass sie hier eindringen wollen … aber sie haben den Ballsaal verlassen, zusammen mit allen Geiseln.«

Er zuckte wieder mit den Schultern. »Wir sind wegen der Schatzkammer hier, nicht wegen der Leute, also habe ich sie entkommen lassen.«

Hoffnung explodierte in meiner Brust wie ein ganzes Feuerwerk. Er musste von Desmond und Gabriel sprechen. Wenn alle Söldner im Saal tot waren, dann brachten die beiden wahrscheinlich gerade die Geiseln in Sicherheit. Sobald das erledigt war, würde Desmond mich suchen kommen – das *wusste* ich einfach.

Ich musste es nur schaffen, bis dahin am Leben zu bleiben.

Katarina fluchte mal wieder vor sich hin, dann stürmte sie aus der Küche. Elsa und ich folgten der Ballerina, Vlad und Jacques gingen mit gezogenen Waffen hinter uns.

»Bring uns sofort zur Schatzkammer«, knurrte Katarina. »Und wenn eine von euch noch mal einen Fluchtversuch unternimmt, werde ich euch beide umbringen und mich auf Jacques' Sprengstoff verlassen.«

Elsa warf mir einen Blick zu, den ich mit einem Achselzucken erwiderte. Im Moment fiel mir einfach nichts mehr ein.

»Hier entlang«, murmelte Elsa.

Wir kehrten zur Prunktreppe zurück. Katarina schnippte mit den Fingern, worauf sich Vlad und Jacques zwei schwarze Sporttaschen schnappten, die offensichtlich den toten Söldnern gehört hatten. Sie kippten die Taschen aus, sodass sich digitale Zünder, Spulen mit Sprengschnur und Klebebandrollen auf den Boden ergossen. Sobald die Taschen leer waren, stiegen wir ins Erdgeschoss hinunter.

Elsa führte uns zu einer Wendeltreppe, die sich tief in die Eingeweide der Burg schraubte. In diesem Bereich der Burg gab es weder Weihnachtsdekorationen noch schicke Einrichtungsgegenstände. Die Temperatur sank um mindestens zehn Grad. Ich zitterte. Vielleicht lag das aber auch an der tödlichen Bedrohung in meinem Rücken.

Wir erreichten das Ende der Treppe und gingen noch einen

kurzen Flur entlang, dann erschien vor uns eine schwere Metalltür, die in eine dicke Steinwand eingelassen war.

»Mach sie auf«, befahl Katarina.

Elsa pikste sich den Finger mit einer dünnen Nadel auf, die neben einer Tastatur aus der Wand ragte, dann legte sie die Hand auf einen Scanner. Die Schatzkammer der Eisen-Familie war nicht nur durch ihre Lage im Keller einer schwer bewachten Burg auf einem abgelegenen Berg geschützt, sondern auch durch diverse biometrische Security-Maßnahmen. Unter anderem waren Elsas DNA und ihr Handabdruck zum Öffnen der Tür nötig. Die biometrischen Scans waren mit ein Grund, warum Desmond und ich uns gegen einen Einbruch in die Schatzkammer entschieden hatten. Außerdem brauchte ich zwar Informationen, um Henrika aufzuspüren, hatte aber keinerlei Interesse an der Kunst und dem Schmuck, den sie hier vielleicht eingelagert hatte.

Eine grüne Lampe leuchtete auf und bestätigte Elsas Identität. Sie beugte sich vor und unterzog sich einem Retina-Scan, dann blies sie noch in ein kleines Röhrchen, um ihre DNA ein weiteres Mal testen zu lassen.

Wieder blinkte das grüne Licht. Elsa trat zurück und sah mich an. »Jetzt der Code.«

Ich sah den Flur hinunter und hoffte darauf, endlich einen Blick auf Desmond oder Gabriel zu erhaschen, aber es erschien niemand.

»Der Code«, verlangte Katarina. »Oder ich lasse Jacques sein Messer an dir testen, bis du kooperierst.«

Der Küchenchef bedachte mich mit einem grausamen Lächeln und ließ erneut das Messer in seiner Hand herumwirbeln.

Meine Zeit war abgelaufen, und meine Optionen waren ausgeschöpft, also tippte ich den dreiundzwanzigstelligen Code ein, den ich vorhin im Büro vergeben hatte. Ich konnte ihn mühelos wiedergeben, denn es war die Nummer der Kreditkarte, die ich immer verwendet hatte, um Grandma Janes Arztrechnungen zu zahlen. Ich hätte die Kartennummer, das Ablaufdatum und den Sicherheitscode im Schlaf aufsagen können.

Ich tippte die letzte Nummer ein und trat zurück.

Nichts geschah.

Katarina kniff misstrauisch die Augen zusammen. »Wenn du ein Spielchen spielst, wirst du nicht mal lange genug leben, um es zu bedauern.«

Genau in diesem Moment leuchtete das Lämpchen grün auf, dann erklangen mehrere laute Klicklaute, und die schwere Tresortür öffnete sich einen Spalt. Vlad schob die Pistole ins Halfter, dann packte er den Rand der Tür und zog sie ganz auf.

Katarina wedelte mit der Pistole. »Bewegt euch. Los.«

Wir traten ein, dicht gefolgt von Katarina, Vlad und Jacques. Zuerst durchquerten wir ein kleines Vorzimmer, dann bogen wir um eine Ecke und blieben stehen.

»Das ist sie«, sagte Elsa in einem bitteren Tonfall. »Die berühmte Schatzkammer der Eisen-Familie.«

Schwere Holztische standen in der Mitte des riesigen Raums, während an zwei Wänden hohe Bücherregale aufragten. Die Atmosphäre erinnerte an einen Weinkeller, nur dass hier viel wertvollere Dinge gelagert wurden als Flaschen. An einer der Wände hingen dicht an dicht verschiedenste Gemälde, ihre Rahmen eng aneinandergeschmiegt wie Puzzlestücke. Gold-, Silber- und Bronzestatuen erhoben sich auf Sockeln, als hielten sie Wache über die Ringe, Ketten und Uhren, die auf schwarzen Samtkissen auf den Tischen ruhten. Neben alten Büchern mit gebrochenen Lederrücken lagen weiße Stoffhandschuhe … und auf einer Schwerlastpalette in einer Ecke war ein Haufen Goldbarren zu einer Pyramide aufgestapelt.

Katarina musterte die Gegenstände mit kaltem, kritischem

Blick, während Vlad und Jacques breit grinsten. Selbst ich konnte meine Bewunderung für all die kostbaren, teuren, schönen Objekte im Raum nicht ganz zurückhalten.

»Das ist nur ein Haufen nutzloser Schnickschnack«, murmelte Elsa. »Nichts hier drin ist wirklich von *Bedeutung*.«

Wieder stieg Mitgefühl in mir auf. »Letztendlich ist das alles nur *Zeug*, nicht wahr? Und nichts davon wird dir deinen Bruder zurückbringen oder seinen Verrat ungeschehen machen.«

Sie sah mich überrascht an, nickte aber. »Du verstehst es.«

Ich dachte an die überwiegend leere Wohnung meiner Großmutter. »Besser, als du dir vorstellen kannst.«

Katarina schnippte ein weiteres Mal mit den Fingern. »Ladet die Taschen voll, sodass ihr sie noch angenehm tragen könnt. Nur kleine Gegenstände. Wir haben weder genug Zeit noch genug Männer, um alles mitzunehmen. Und wir müssen hier so schnell wie möglich verschwinden, falls weitere Agenten der Section auf dem Weg hierher sind.«

Vlad und Jacques nickten, dann fingen sie an, Schmuck von den Tischen in ihre Sporttaschen zu schieben.

Katarina richtete den Revolver auf Elsa. »Wo ist der Nussknacker-Rubin?«

Elsa biss sich mit einem Seitenblick zu mir auf die Unterlippe. Ich schüttelte den Kopf. Der Rubin war das Wertvollste hier, sobald sie ihn übergeben hatte, wären wir beide tot …

Peng!

Katarina drückte den Abzug. Die Kugel sauste an Elsas Kopf vorbei und traf eines der Bücherregale. Wir zuckten beide zusammen.

»Die nächste Kugel trifft deinen Knöchel«, sagte Katarina ruhig. »Und das willst du nicht, glaub mir. Ich weiß genau, wie schmerzhaft Knöchelverletzungen sein können.« Sie dachte einen Moment nach. »Oder vielleicht sollte ich Vlad losschicken, damit er deine kleine Nichte sucht. Ich wette, sie ist noch nicht vom Berg runter.«

Elsa starrte die Ballerina böse an, doch nach ein paar Sekunden stummen Widerstandes seufzte sie und warf mir einen bedauernden Blick zu.

»Ist okay«, sagte ich. »Hätte ich eine Nichte, so würde ich auch alles tun, um sie zu schützen.«

Ein trauriges, wissendes Lächeln verzog Elsas Lippen, verblasste aber sofort wieder. Sie seufzte erneut, dann zog sie ein Buch von einem Regalbrett. Anders als die anderen Bände wirkte dieses Buch brandneu. Auf dem Cover prangte das farbenfrohe, verspielte Bild eines Nussknackers in blauer Jacke.

Elsa ließ die Finger über den glänzenden Einband gleiten, dann streckte sie Katarina das Buch entgegen. »Hier. Das ist es.«

»Passt auf sie auf«, rief Katarina.

Jacques drehte sich zu uns um. Er hielt immer noch das Messer in der Hand, auch wenn er nicht aufhörte, sich mit der freien Hand weiter blind Schmuck in die Tasche zu schieben.

Katarina legte ihren Revolver auf einen Tisch, dann nahm sie Elsa das Buch ab und öffnete es. Die Seiten waren ausgeschnitten und gegen blauen Samt ausgetauscht worden. Katarina griff in die Vertiefung und zog einen Ring heraus.

»Der Nussknacker-Rubin«, flüsterte sie ehrfurchtsvoll. »Endlich.«

Der Rubin hatte die Form eines Herzens – was im Widerspruch zu seinem Namen stand. Durch die blitzenden Facetten und die dunkelrote Färbung sah es fast aus, als hielte Katarina tatsächlich ein schlagendes Herz in den Händen. Der Edelstein war wirklich atemberaubend schön, auch wenn meine Synästhesie dem Juwel eine unheilvolle Färbung verlieh. Der Rubin selbst war vielleicht nicht gefährlich, aber Katarina – und somit auch Henrika Hyde – hätten alles getan, um ihn in ihren Besitz zu bringen … unter anderem einen Haufen Unschuldiger ermorden. Manchmal ging es nicht um den Gegenstand, sondern um das Motiv, das er anderen lieferte.

Katarina schob sich den Ring an den Finger. »Und er passt perfekt«, schnurrte sie.

»Du könntest ihn für dich behalten«, schlug ich vor, immer noch in dem Versuch, einen Ausweg aus dieser Situation zu finden. »Einfach behaupten, der Ring wäre im Chaos verloren gegangen oder zerstört worden. Oder du könntest eine Fälschung anfertigen lassen und die an Henrika übergeben. Durch meine Arbeit für die Section kenne ich ein paar herausragende Fälscher.«

Katarina lachte. Das spöttische Geräusch hallte von den Wänden wider und bohrte sich schmerzhaft in meine Ohren. »Henrika Hyde einen gefälschten Ring aushändigen? Machst du Witze? Sie würde es sofort merken. Außerdem bin ich nicht so dämlich, dass ich Henrika anlüge oder bestehle. Der Tod von Elsas Bruder wäre nichts im Vergleich zu dem, was sie mir antun würde, wenn ich sie betrüge.«

Sie schüttelte sich … aus gutem Grund. Henrika liebte es, neue und schmerzhafte Arten zu entwickeln, um Leute leiden zu lassen. Egal ob normale Menschen oder Paranormale.

Katarina bewunderte den Ring noch für einen Moment, dann schnappte sie sich ihren Revolver vom Tisch und richtete ihn wieder auf mich. »So, Charlotte Locke. Dein Nutzen ist erschöpft.«

Jetzt war meine Zeit wirklich abgelaufen, und mir fiel auch nichts mehr ein. Ich verlagerte mein Gewicht, bereit, mich nach rechts hinter den nächststehenden Tisch zu werfen, um mir so noch ein paar kostbare Sekunden Lebenszeit zu erkaufen …

Das Licht in der Schatzkammer flackerte. Einmal, zweimal, dreimal.

Mein Blick huschte von Katarina zu Jacques und Vlad. Die

beiden Männer waren immer noch damit beschäftigt, die Sporttaschen mit Beute zu füllen, daher befanden sie sich nicht mal in der Nähe eines Lichtschalters.

Katarina runzelte die Stirn. »Du wirst gleich sterben. Wieso grinst du so?«

Das Licht verlosch, und die Schatzkammer wurde in undurchdringliche Dunkelheit getaucht.

12

Desmond

Ich rannte aus dem Büro und zur Prunktreppe zurück.

Die beiden toten Söldner lagen immer noch am Boden, der dritte Kerl im Stockwerk darunter. Ich wollte gerade die Stufen nach unten eilen, als ein Glitzern meine Aufmerksamkeit erregte. Neugierig wechselte ich die Richtung und ging ein kleines Stück den Flur entlang.

Ein zerbrochener Schneemann aus Kristall lag am Boden vor einem Tisch, auf dem sich weitere, ähnliche Figuren häuften. Kopf und Arme waren gesprungen, sein Körper war blutverschmiert, als wäre er als Waffe verwendet worden. Ich runzelte die Stirn. Dieser Schneemann hatte vorhin noch nicht hier gelegen …

»Bring uns sofort zur Schatzkammer«, schnarrte eine wütende Stimme. »Und wenn eine von euch noch mal einen Fluchtversuch unternimmt, bringe ich euch beide um …«

Schritte erklangen, und zur Abwechslung konnte ich einmal tatsächlich hören, dass sie in meine Richtung kamen. So leise wie möglich zog ich mich zurück. Ich ging an der Treppe vorbei und kauerte mich hinter eine breite Säule, die mit Mistelzweigen umwickelt war.

Ein paar Sekunden später erschienen mehrere Leute am Ende des Flurs: Elsa, Katarina, Vlad, Chef Jacques und Charlotte.

Mein Blick saugte sich an Charlotte fest wie ein wärmegesteuertes Geschoss an seinem Ziel. Ein paar Haarsträhnen hatten sich aus ihrem Pferdeschwanz gelöst und hingen ihr ins Gesicht … und sie humpelte leicht, als täten ihr die Füße weh. Ihre blaue Jacke war verknittert und der rechte Ärmel aufgeschlitzt, sodass ich einen hässlichen Schnitt an ihrem Unterarm sehen konnte, aus dem Blut sickerte.

Eine eisige Wut erwachte in mir zum Leben wie ein heftiger Schneesturm. Mein gesamter Körper kribbelte, weil ich mich so sehr danach verzehrte, jede Person umzubringen, die es gewagt hatte, ihr auch nur einen Finger zu krümmen. Doch ich unterdrückte meinen Zorn. Charlotte und Elsa gingen vor den anderen, daher konnten die drei Gangster die zwei Frauen mühelos als menschliche Schutzschilde einsetzen, falls ich meine Gegenwart bekannt gab – oder noch schlimmer, sie einfach sofort erschießen.

Außerdem wirkte Charlotte weder verängstigt noch besorgt oder resigniert. Stattdessen hatte sie die Lippen geschürzt und die Augen zusammengekniffen, als spielte sie in ihrem Kopf Schach gegen sich selbst und schätzte alle möglichen Züge ab. Ihre dunkelblaue Aura flackerte, als spiegelte sie die Kalkulationen, die offensichtlich gerade in Charlottes großem Gehirn stattfanden. Ich hatte diesen Blick und diese flackernde Aura schon früher gesehen und wusste genau, was das bedeutete.

Charlotte hatte einen Plan. Sie hatte *immer* einen Plan.

Also hielt ich meine Stellung hinter der Säule – so schwer mir das auch fallen mochte – und beobachtete, wie Charlotte und Elsa die Treppe nach unten stiegen, dicht gefolgt von den anderen drei.

Ich wartete, bis sie im Erdgeschoss angekommen waren, dann schlich ich ihnen nach.

Sie gingen direkt zur Schatzkammer. Elsa öffnete das biometrische Schloss, dann gab Charlotte eine lange Zahlenfolge ein. Trotz allem musste ich grinsen. Charlotte hatte den Zugangscode geändert – genau wie ich im Büro vermutet hatte –, sodass die Söldner die Schatzkammer ohne sie nicht aufbekamen. Clever, Ziffer.

Die Metalltür öffnete sich, und Elsa, Charlotte sowie die drei Gangster verschwanden in der Schatzkammer. Ich eilte so leise wie möglich den Korridor entlang, dann spähte ich um die Ecke. Der kleine Vorraum war leer, also schob ich mich weiter hinein und linste in den eigentlichen Kellerraum.

Katarina bedrohte wieder einmal Elsa und gab sogar einen Warnschuss ab, während Vlad und Jacques Schmuck in zwei Sporttaschen schaufelten wie Kinder, die sich im Süßigkeitenladen die Taschen vollstopften.

Elsa reichte Katarina ein Buch, aus dem die Ballerina den Nussknacker-Rubin holte. Sie war so auf den Rubin konzentriert, dass sie nicht bemerkte, wie ich in die Schatzkammer huschte. Und auch Vlad und Jacques waren zu sehr damit beschäftigt, Schmuck einzupacken. Ich konnte zwar nicht durch Wände gleiten wie Gabriel … aber wenn es nötig war, konnte ich so unauffällig sein wie Rauch. Und im Moment zählte nur eines: Charlotte zu retten.

Ich kauerte mich hinter einen antiken Tisch, dann rief ich meinen Galvanismus. Der Strom glitt wie ein elektrischer Fluss durch meine Adern und füllte mich mit Energie. Katarina verkündete bereits, dass sie Charlotte jetzt töten würde. Doch ich blendete ihre Worte aus und konzentrierte mich stattdessen auf ihre Körpersprache – besonders auf den Zeigefinger, der auf die Waffe trommelte.

Als sie den Finger tatsächlich auf den Abzug legte, zerrte ich am Strom in den Wänden. Ich konzentrierte mich, und die Lampen flackerten – einmal, zweimal, dreimal.

Katarina redete weiter, aber Charlotte legte den Kopf schief. Ihr Blick huschte von der Frau vor sich zu Jacques und Vlad. Ihre Augen fingen an zu leuchten, und ein Lächeln erhellte ihr Gesicht. Sie hatte meine Nachricht verstanden.

»Du wirst gleich sterben«, sagte Katarina. »Wieso grinst du so?«

Ich unterbrach den Stromfluss. Die Schatzkammer versank in Dunkelheit.

Für eine Zehntelsekunde herrschte vollkommene Stille im Raum, die in meinen Ohren fast so laut brummte wie die elektrische Strömung in meinem Körper. Dann passierte alles gleichzeitig.

»Elsa!«, schrie Charlotte. »Runter!«

Man hörte dumpfe Schläge, als hätten sich zwei Personen fallen gelassen. Katarina fing an, auf Russisch zu fluchen, und Jacques warf noch ein paar französische Kraftwörter ein. Vlad allerdings blieb stumm. Er war zu sehr Profi – zu gut ausgebildet –, als dass er seine Position durch Geräusche verraten hätte.

Ich stand auf, drückte mich mit dem Rücken gegen die Wand und drang vorsichtig weiter in die Schatzkammer vor, wobei ich auf die Stelle zuhielt, an der Vlad sich gerade noch aufgehalten hatte. Schließlich stellte er die größte Bedrohung dar. Wenn er klug war, hatte der Söldner seine Position bereits gewechselt, um mir kein Ziel zu bieten, wenn ich den Strom freigab und das Licht wieder anging. Doch wenn er nicht klug genug war, konnte ich dem Mistkerl vielleicht in den Rücken schießen.

Katarina und Jacques verstummten. Ein angespanntes Schweigen breitete sich aus. Niemand bewegte sich, und ich konnte niemanden atmen hören. Alle warteten darauf, dass sich jemand anderes zuerst rührte … oder ein Geräusch erzeugte … irgendeinen Fehler machte.

Ich schlich weiter, die Waffe im Anschlag und die Wand im

Rücken; achtete darauf, meine Füße langsam und vorsichtig zu bewegen, um kein Geräusch zu erzeugen, das meine Gegenwart verraten konnte. Außerdem hielt ich weiter den Strom gepackt, sodass die Schatzkammer immer noch in Finsternis lag. Normalerweise hätte ich in einem dunklen Raum trotzdem genau spüren können, wo sich alle anderen aufhielten, doch die elektrische Strömung in meinem Körper überlagerte die geringe Spannung, die von Charlotte und allen anderen ausging.

Ich stieß mit der Schulter gegen einen Widerstand. Sofort erstarrte ich, aber es war nur ein Bücherregal. Ich glich im Kopf meine geschätzte Position mit der Stelle ab, an der Vlad sich vorhin aufgehalten hatte. Und mit dem Ort, an den er sich wahrscheinlich bewegt hatte – an den *ich* mich an seiner Stelle bewegt hätte.

Es wurde Zeit, herauszufinden, ob meine Theorie stimmte und ob ich ihn umbringen konnte, bevor er mich tötete. Oder, noch schlimmer, Charlotte.

Ich schob den Arm um das Regal herum und tastete, bis ich ein Buch fand, das ich vom Regal ziehen konnte. Der Stoffeinband löste sich mit einem Kratzen von seinem Nachbar. Ich erstarrte, weil ich fürchtete, meine eigene Position verraten zu haben, aber es zerrissen weder Schüsse noch Rufe die Stille, auch nahm ich keine Bewegung wahr.

Nachdem ich das Buch nicht sehen konnte, wog ich es in der Hand ab, um ein Gefühl für Größe und Gewicht zu bekommen. Sobald ich mir alles eingeprägt hatte, lauschte ich erneut angestrengt in der Finsternis, die die Schatzkammer wie mit dicker, schwarzer Tinte überzogen hatte.

Nichts rührte sich, nicht mal eine Maus.

Die Sekunden vergingen, und meine Anspannung stieg, aber ich behielt meine Position bei, machte mich und meine Magie bereit und blieb ruhig. Ich mochte zwar kein Enduro sein, daher konnte ich mich nicht stundenlang unbeweglich halten, aber ein wenig Geduld konnte ich schon aufbringen … besonders, wenn das Charlottes Rettung bedeutete.

Irgendwann hörte ich ein leises Schlurfen, als hätte jemand sein Gewicht verlagert. *Erwischt.*

Langsam und vorsichtig zog ich den Arm zurück, dann warf ich das Buch quer durch die Schatzkammer, so weit ich konnte, weit weg von der Stelle, an der Charlotte meiner Vermutung nach lag.

Peng! Peng!

Vlad feuerte dorthin, wo das Buch gelandet war. Sein Mündungsfeuer verriet mir seinen Aufenthaltsort … und er hatte sich genau dorthin bewegt, wo ich vermutet hatte. Ich trat um das Bücherregal herum, zielte und drückte ab.

Peng! Peng!

Vlad schrie. Ein Körper knallte auf den Boden …

Etwas sauste neben mir durch die Luft. Ich wirbelte zur Seite, trotzdem wurde mein rechter Oberarm von einer Klinge getroffen. Glühend heiße Schmerzen schossen durch meinen Körper.

Mit einem unterdrückten Stöhnen zuckte ich zurück. Dadurch stieß ich irgendwo dagegen, sodass die Klinge aus der Wunde gezogen wurde, ich verlor die Pistole aus den Fingern … und auch die elektrische Strömung, die ich mit meinem Galvanismus kontrolliert hatte, entglitt mir.

Die Deckenlichter gingen wieder an. Jacques wedelte mit dem Messer vor mir herum. Ich boxte mit der linken Hand nach ihm, aber er duckte sich unter dem Schlag weg und rammte mir die Schulter gegen die Brust. Jacques war stark, sogar für einen Paranormalen, also schleuderte er mich so fest gegen ein Regal, dass mehrere Bücher zu Boden fielen.

»Verdammte Spione der Section!«, fluchte Jacques, bevor er mich ins Gesicht schlug.

Mein Kopf knallte gegen das Regal. Der Aufprall jagte

Schmerzen durch meinen Schädel. Jacques ließ das Messer in der Hand herumwirbeln und warf sich nach vorn. Es gelang mir, sein Handgelenk zu packen, aber er war stärker als ich, also konnte ich nicht verhindern, dass seine Klinge meinem Herzen immer näher kam …

Bumm!

Jacques' Augen rollten nach hinten, und er fiel um.

Hinter ihm stand Charlotte, das Buch in den Händen, das sie ihm gerade über den Schädel gezogen hatte. So wie mir der Kopf schwirrte, konnte ich mir nicht sicher sein, aber ich bildete mir ein, der Titel lautete *Wunderbare Weihnachten* von Agatha Christie.

Charlotte ließ das Buch fallen und sah mich an. »Desmond! Geht es dir gut?«

»Alles okay«, keuchte ich trotz der Schmerzen, die meinen Körper erfüllten. »Nur eine kleine Stichwunde.«

Sie kniff besorgt die Augen zusammen und öffnete den Mund, vermutlich, um zu betonen, dass es mehr war als eine kleine Wunde …

»Komm sofort zurück!«, knurrte eine Stimme.

Charlotte und ich wirbelten herum. Auf der anderen Seite der Schatzkammer hielt Elsa Katarinas Arm umklammert. Sie riss die Ballerina zu sich, dann rammte sie der anderen Frau die Faust ins Gesicht. Mit einem Fauchen versuchte Katarina, sich zu befreien, aber Elsa war so wütend, dass sie ihren Griff wieder und wieder verstärkte und auf die Ballerina einprügelte.

»Wie konntest du es wagen, meinen Bruder umzubringen!«, kreischte Elsa. »Wie kannst du es wagen, hierherzukommen und meine Nichte zu bedrohen!«

Sie wollte ein weiteres Mal zuschlagen, aber Katarina gelang es, sich zu befreien und Elsa von sich zu stoßen. Elsa stolperte rückwärts gegen einen Tisch und fiel auf Hände und Knie.

Katarinas Blick huschte von Vlad – tot – über Jacques – bewusstlos – zu Charlotte und mir vor dem Bücherregal.

»Scheiß drauf«, knurrte sie.

Katarina sprang vor, schnappte sich eine der Sporttaschen voller Schmuck und rannte damit aus der Schatzkammer. Charlotte machte einen Schritt nach vorn, nur um sofort wieder stehen zu bleiben, offensichtlich hin- und hergerissen zwischen dem Drang, bei mir zu bleiben und die fliehende Ballerina zu verfolgen.

»Los!«, rief ich. »Ich komm klar. Schnapp sie dir!«

Charlotte nickte, hob im Vorbeilaufen Vlads Pistole vom Boden auf und rannte aus der Schatzkammer.

13

Charlotte

Als ich aus der Schatzkammer eilte, flackerten erneut die Lichter. Desmond setzte die Energie wahrscheinlich ein, um die hässliche Stichwunde an seinem Arm zu heilen. Bei dem Gedanken, dass ich ihn fast verloren hätte, packte mich immer noch die Angst. Doch darüber durfte ich im Moment nicht nachdenken.

Nein, im Moment musste ich mich darauf konzentrieren, Katarina zur Strecke zu bringen.

Als ich den Flur erreichte, rannte Katarina bereits die ersten Stufen nach oben. Ich sprintete hinter ihr her, doch als ich am Treppenabsatz im Erdgeschoss ankam, japste ich wie wild nach Luft … und sie war verschwunden.

Statt blind weiterzurennen, zwang ich mich dazu, mich umzusehen und zu lauschen, damit mir Schritte, ein Rascheln, ein Klirren oder irgendetwas anderes verriet, welche Richtung sie eingeschlagen hatte. Doch ich hörte nur das Pochen meines eigenen Herzens und meine schweren Atemzüge. Vielleicht hatte Desmond doch recht damit, dass ich weniger Zucker essen und mehr Ausdauertraining machen sollte.

Ich lauschte weiter, während ich versuchte, mir zusammenzureimen, wohin Katarina geflohen sein könnte. All ihre Komplizen waren entweder tot oder bewusstlos. Und sie wirkte mir nicht wie der Typ Mensch, der zurückkam, um eine Rettungsmission zu starten – wenn man bedachte, wie schnell sie Vlad und Jacques im Stich gelassen hatte. Nein, Katarina war klug genug, um zu wissen, dass sie so schnell wie möglich aus der Burg verschwinden sollte. Aber wie wollte sie das anstellen?

Die Seilbahn bot den schnellsten und einfachsten Weg vom Berg herunter, aber sobald Katarina in einer Gondel säße, wäre sie gefangen. Außerdem konnten im Tal bereits Agenten der Section 47 und andere Behördenmitarbeiter warten. Sie konnte auch zur Garage der Burg laufen, um in einen der Lieferwagen zu steigen, mit denen ich und die anderen Servicekräfte hergebracht worden waren –, aber auch dabei würde sie riskieren, den Agenten der Section oder der normalen Polizei in die Arme zu laufen.

Wie also konnte Katarina den Berg verlassen? Sie mochte eine Enduro sein, eine professionelle Ballerina und eine unglaubliche Athletin, trotzdem ging ich nicht davon aus, dass sie mit Skiern ins Tal fahren wollte oder sich mit einem Fallschirm von einer Klippe werfen … vor allem, da draußen ein Schneesturm tobte. Sie brauchte irgendein Transportmittel mit Motor und Scheinwerfern, so was wie ein …

»Schneemobil«, flüsterte ich.

Mir fiel ein, dass ich vorhin Schneemobile gesehen hatte. Die Söldner waren so auf den Berg gekommen, und die Fahrzeuge standen wahrscheinlich immer noch am Waldrand. In der aktuellen Situation stellte ein Schneemobil Katarinas beste – und wahrscheinlich einzige – Chance auf Flucht dar.

Erneut sah ich mich um, in dem Versuch, einzuordnen, wo ich im Verhältnis zu meiner aktuellen Position die Fahrzeuge gesehen hatte. Katarina würde den kürzesten Weg wählen, was bedeutete …

Die Treppe nach oben. Verdammt! Noch mehr Stufen.

Ich holte einmal tief Luft und joggte die Prunktreppe hinauf.

Mit Vlads Pistole in der Hand eilte ich in den ersten Stock, dann rannte ich von einem Flur in den nächsten, wobei ich an jeder Ecke kurz anhielt und überprüfte, ob Katarina dahinter auf der Lauer lag, um mich zu erschießen.

Wieder und wieder folgte ich diesem Muster und kam dem Ballsaal dabei immer näher. Außerdem lauschte ich immer wieder angestrengt, aber nach wie vor verhinderte meine schwere Atmung, dass ich wirklich etwas hörte. Jepp, ich musste definitiv meine Diät umstellen und meine Ausdauer trainieren. Vielleicht sollte ich das zu meinem guten Vorsatz fürs neue Jahr machen – wenn ich diesen Abend denn überlebte.

Kaum zwei Minuten später erreichte ich erneut den Ballsaal. Vorsichtig schlich ich mich durch eine der offenen Türen.

»Oh, ihr heiligen Nussknacker«, fluchte ich, passend zur Deko.

Der einst elegante, prächtige Ballsaal bot jetzt ein Bild der Zerstörung. Stühle und Tische waren umgefallen, auf dem Boden waren zerbrochene Gläser und verbeulte Tabletts verteilt, und mehrere Nussknacker lagen auf dem Rücken, als hätte ein Kind sie in einem Wutanfall umgeschmissen. Es sah aus, als hätte hier die wildeste Weihnachtsfeier aller Zeiten stattgefunden und bisher hätte sich niemand die Mühe gemacht, den Dreck wegzuräumen – die Leichen eingeschlossen.

Mehr als ein Dutzend tote Söldner sowie mehrere tote Wachmänner lagen auf dem Boden. Egal, auf welcher Seite sie gekämpft hatten: Die Gesichter der Männer zeigten eine Mischung aus Schmerz und Schock. Ihr vereintes Blut färbte den weißen Marmor in einem dunklen Rot.

Was für eine Verschwendung von Leben!

Wut und Ekel erfüllten mich. Dieser ganze Mist hatte seinen Anfang genommen, als Henrika Hyde beschlossen hatte, Elsa Eisen für die Vergehen ihres Bruders büßen zu lassen; ein Exempel an Elsa zu statuieren, obwohl nichts davon ihre Schuld war. Stattdessen hatte sie versucht, die Sache in Ordnung zu bringen. Nun, Henrika mochte diese Party gestartet haben, ich aber würde ihr ein Ende bereiten.

So, wie ich früher oder später auch Henrikas Leben ein Ende bereiten würde.

Der einzige Teil des Ballsaals, der unbeschadet geblieben war, war die Bühne. Die Lichter am riesigen Christbaum leuchteten immer noch fröhlich, und auch die anderen Dekorationen lagen noch an ihrem Platz. Ich beäugte die lebensgroßen Nussknacker. Vielleicht lag es an meiner Synästhesie – oder ich hatte einfach eine hyperaktive Fantasie –, aber die Figuren schienen ihre Zuckerstangen, Glocken und anderen Dekorationen fester zu umklammern als bisher. Fast, als wollten sie gleich von der Bühne springen und sich mir bei der Jagd auf Katarina anschließen …

Die Bühne. Natürlich.

Mein Blick saugte sich an der Plattform fest. Hinter dem Nachthimmel-Vorhang befanden sich eine Reihe Umkleiden und noch so einiges – unter anderem auch eine Tür, die zu der Grasfläche hinter der Burg führte. Ganz in der Nähe der Stelle, an der die Schneemobile wahrscheinlich immer noch am Waldrand warteten.

Ich hob die Waffe und eilte in diese Richtung. Ein paar Scherben knirschten unter meinen Stiefeln, aber ich verzog nur das Gesicht und lief weiter. Katarina war wahrscheinlich längst durch die Tür entkommen, trotzdem musste ich versuchen, sie einzuholen.

Ich rannte zur rechten Seite der Bühne und die Stufen hinauf. Sobald ich oben war, bog ich nach rechts ab, vorbei an dem blauen Brokatvorhang.

Ein metallisches Blitzen erregte meine Aufmerksamkeit. Rein instinktiv duckte ich mich hinter den Vorhang.

Peng! Peng!

Peng! Peng! Peng!

Kugeln sausten an mir vorbei und trafen ein Bedienfeld auf der anderen Seite der Bühne. Funken sprühten, als irgendein Mechanismus knirschend zum Leben erwachte.

Ich ließ mich auf ein Knie sinken und spähte um den Vorhang herum. Katarina sprang aus dem Schatten, dabei hatte sie die Tasche immer noch fest umklammert. Sie steuerte auf den Weihnachtsbaum in der Mitte der Bühne zu, also nutzte ich die Gelegenheit, um zu feuern.

Peng! Peng!

Katarina duckte sich hinter die Äste. Meine Projektile bohrten sich in den Stamm und zerstörten auch ein paar Christbaumkugeln – nicht aber ihre Knochen.

Die Ballerina schob sich langsam hinter dem Baum hervor. Ich verspannte mich, weil ich damit rechnete, dass sie erneut das Feuer eröffnen würde, aber sie musterte ihren silbernen Revolver mit angewidertem Blick und warf ihn zur Seite. Ihr war die Munition ausgegangen.

Schlecht für sie, gut für mich. Ich hob meine eigene Waffe und drückte den Abzug.

Klick.

Meine Waffe war ebenfalls leer. Verdammt!

Katarina legte den Kopf schief und verzog den Mund dann zu einem breiten Grinsen. Sie ließ die Tasche fallen, hüpfte elegant über die Geschenke vor dem Weihnachtsbaum hinweg und rannte direkt auf mich zu. Ich sprang auf und schmiss die Pistole nach ihr, doch sie schlug sie in der Luft zur Seite.

Die Ballerina senkte den Oberkörper und rammte mir ihre Schulter in den Bauch, sodass wir in der Mitte der Bühne gemeinsam zu Boden fielen. Mein Hintern knallte hart auf das Holz. Schmerzen schossen mir durch die Wirbelsäule und die

Hüfte. Knurrend warf Katarina sich nach vorn, um mir den Ellbogen gegen die Kehle zu rammen, aber ich rollte mich zur Seite und sprang auf. Sie folgte meinem Beispiel, dann starrten wir uns an.

Hinter Katarina sprühten immer noch Funken aus dem getroffenen Bedienfeld, dann drang plötzlich eine klimpernde Musik aus den Lautsprechern.

Beh-de-dam-dam-dam-dam … dam-di-dam … dam-di-dam … dam-di-dam … dam-di-dam-di-dam …

Ich erkannte die klassische Melodie. *Der Tanz der Zuckerfee.* Natürlich.

»Du hast alles kaputt gemacht!«, kreischte Katarina. »Wieso konntest du nicht einfach irgendwo in der Burg Deckung suchen? Aber nein, du *musstest* ja unbedingt die Heldin spielen, hm?«

»Ich? *Du* hast es verbockt!«, schrie ich zurück. »Wer plant denn einen Überfall am Weihnachtsabend? Wo bleibt da die Festtagsstimmung?«

Katarina bewegte die Hand, sodass der Nussknacker-Rubin an ihrem Finger glitzerte. »Mehr Festtagsstimmung als diesen Ring brauche ich nicht. Aber dich umzubringen, wird sicherlich auch ein Lächeln auf mein Gesicht zaubern. Das wäre sogar das beste Weihnachtsgeschenk aller Zeiten!«

Wieder stürzte sie sich auf mich. Doch diesmal war ich vorbereitet, hob die Fäuste und stellte mich ihr entgegen.

Katarina und ich tanzten über die Bühne, wir teilten einen harten Schlag nach dem anderen aus. Mein Vater hatte seine Arbeit mehr als einmal von der Section 47 mit nach Hause genommen, sodass ihn auch seine Feinde verfolgt hatten. Deshalb hatte ich über all die Jahre mehr Kämpfe durchgestanden, als mir lieb war. Außerdem hatte Desmond in den letzten Wochen mein Training verbessert – und er war sogar noch gnadenloser in seinen Ansprüchen, als es mein Vater gewesen war, also konnte ich durchaus kämpfen. Doch als Enduro besaß Katarina eine paranormale Stärke und Geschwindigkeit, die mir einfach nicht zur Verfügung standen. Für jeden Treffer, den ich landete, steckte ich zwei noch härtere ein.

Trotzdem hielt ich mich wacker – mehr oder weniger –, bis sie sich umdrehte. Ich folgte ihr eilig, weil ich davon ausging, dass sie fliehen wollte, doch Katarina wirbelte wieder zu mir herum, riss ihr rechtes Bein hoch, als vollführte sie einen komplizierten Tanzschritt, und trat mir die Beine unter dem Körper weg.

Wieder einmal knallte ich mit Wucht auf die Bühne. Die Schmerzen in meinem Rücken und meiner Hüfte verstärkten sich. Ein Stöhnen drang mir über die Lippen, und für einen kurzen Moment konnte ich nur liegen bleiben und dem klimpernden *Tanz der Zuckerfee* lauschen. Wie oft wollte die Anlage dieses Lied noch spielen? Langsam begann ich es zu verabscheuen, genau wie alles andere, was mit Ballett zu zusammenhing.

»Was hat Henrika gesagt? Welche Macht besitzt du?«, fragte Katarina, als sie leichtfüßig um mich herumtänzelte. Sie schnippte mit den Fingern. »Ach ja. Eine seltsame Form von Synästhesie. Gesteh es dir ein, Charlotte. Du bist mir nicht gewachsen. Ich bin eine Enduro. Ich kann dich zu Tode prügeln, ohne dass sich eine einzige Schweißperle auf meiner Stirn bildet.«

Um ihren Punkt zu unterstreichen, trat sie mir in die Rippen, sodass meine Schmerzen noch mehr anwuchsen und ich eineinhalb Meter über die Bühne rutschte. Sie hatte recht. Als Enduro war sie körperlich viel stärker und zäher als ich. In Kombination mit ihrem jahrelangen Ballett-Training hieß das, dass sie wortwörtlich stundenlang um mich herumtanzen konnte.

Ich musste einen Weg finden, diese Auseinandersetzung zu beenden, bevor sie mich bewusstlos schlug – oder umbrachte.

Schwer atmend kämpfte ich mich auf die Beine, wobei ich versuchte, die Schmerzen zu ignorieren, die wie im Takt der Musik durch meinen Körper pulsierten.

Katarina sprang auf mich zu. Meine Synästhesie erwachte zum Leben, und ihr gesamter Körper schimmerte rot, als wäre ihr Kostüm blutrot, nicht pflaumenblau. Ich verspannte mich in Erwartung eines weiteren, harten Schlages, aber sie wirbelte an mir vorbei und rammte mir die flache Hand in den Rücken, sodass ich ins Stolpern geriet. Dann drehte sie sich in Pirouetten weiter … wobei ihr spöttisches Lachen die Musik übertönte.

Das Miststück *spielte* mit mir.

Wut kochte in mir hoch und verdrängte die Schmerzen. Aber statt mich blindlings auf meine Gegnerin zu stürzen, zwang ich mich, das zu tun, was ich am besten konnte – denken. Ich wusste bereits, dass Katarina unglaublich gefährlich war, schließlich murmelte die kleine Stimme in meinem Hinterkopf ständig ihre wenig hilfreiche Gefahrenwarnung. Ich dagegen brauchte etwas anderes Gefährliches – eine Waffe, die ich gegen sie einsetzen konnte.

Ich sah an der hämisch grinsenden Ballerina vorbei und musterte den Rest der Bühne, doch auf der hölzernen Plattform gab es keine Waffen. Nur den Nachthimmel-Vorhang, den Weihnachtsbaum und all diese lebensgroßen Nussknacker mit ihren Dekorationen …

Ich kniff die Augen zusammen. Hm. Vielleicht war das eine Lösung.

Katarina tänzelte immer noch um mich herum, doch ich starrte erneut an ihr vorbei, ließ meinen Blick von einer Figur zur nächsten huschen. Eine Zuckerstange, eine Kette mit silbernen Glöckchen, ein Kranz, ein Schlitten … Die Nussknacker hielten Dekorationen, wie sie an Weihnachten nur zu häufig zu sehen waren. Doch je länger ich starrte, desto mehr Farben bildeten sich um die Gegenstände, von Hellgrau über Neonpink zu diesem leuchtenden Blutrot, das mir anscheinend durchs Leben folgte.

Gefahr-Gefahr-Gefahr, flüsterte diese kleine Stimme in meinem Hinterkopf. Wie beim Nussknacker-Rubin in der Schatzkammer waren aber auch hier nicht die Gegenstände selbst gefährlich, sondern nur die Art, wie ich sie gegen meine Feindin einsetzen konnte.

Katarina sprang an mir vorbei und schubste mich erneut. Diesmal folgte ich dem Stoß allerdings und nutzte die Bewegung, um auf den nächsten Nussknacker zuzuhalten.

»Läufst du weg, Charlotte?«, rief Katarina spöttisch. »Das könnte deine beste Idee heute Abend sein. Aber dafür ist es ein bisschen spät.«

Ich hörte ihre Schritte hinter mir, doch ich hatte nur Augen für den Nussknacker. Schlitternd blieb ich stehen, streckte die Hand aus und riss der Figur die Zuckerstange aus der Faust.

Katarina vergrub die Finger in meinem Haar und zerrte mich nach hinten. Ich kreischte vor Schmerz und Wut, riss mich los, wirbelte herum und schwang die Zuckerstange wie einen Baseballschläger. Sie traf ihr Gesicht.

Knirsch.

Zur Abwechslung hatte ich mal einen perfekten Treffer gelandet. Schreiend taumelte Katarina nach hinten. Ich folgte ihr eilig, die Zuckerstange für den nächsten Schlag erhoben, aber sie riss mir die riesige Süßigkeit aus den Händen und warf sie zur Seite. Das Requisit glitt über den Boden und fiel von der Bühne.

»Du Miststück!«, kreischte Katarina. Blut rann ihr übers Gesicht. »Du hast mir die Nase gebrochen!«

»Ich werde dir noch viel mehr brechen!«

Mit einem Knurren stürzte sie sich auf mich, doch ich wich aus, rannte zu einem anderen Nussknacker und zog ihm die Glöckchenkette aus den Fingern. Dann drehte ich mich auf dem

Absatz um und prügelte auch damit auf sie ein, so wie ich es schon mit der Zuckerstange getan hatte.

Die Glöckchen klimperten fröhlich, als ich sie Katarina wieder und wieder über den Schädel zog, im Takt der Musik, die immer noch aus den Lautsprechern drang. Die Glöckchen bestanden aus massivem, schwerem Silber. Rote Striemen bildeten sich auf dem Gesicht der Ballerina, passend zu ihrer blutigen Nase.

Katarina kreischte vor Wut und Schmerz, dann entriss sie einem anderen Nussknacker eine weitere Zuckerstange. Sie brach den Bogen ab, sodass ein scharfes, gezacktes Ende zurückblieb, dann ließ sie das lange Plastik in der Hand herumwirbeln, als wäre sie der Tambourmajor einer Musikkapelle. Schließlich stürzte sie sich wieder auf mich.

Bumm. Bumm. Bumm.

Katarina verprügelte mich mit der künstlichen Zuckerstange, genau wie ich es bei ihr mit den Glocken getan hatte. Frische Schmerzen explodierten in meinen Armen, Beinen und meinem Bauch, und ich musste mich anstrengen, um trotz der Qual in meinen Rippen zu atmen.

»Fühlt sich nicht gut an, hm?«, zischte sie, bevor sie weiter auf mich einschlug.

Ich setzte die Glöckchenkette ein, um ein paar ihrer Schläge abzuwehren, aber sie war trotzdem viel stärker und schneller als ich. Früher oder später würde sie mir die Rippen oder den Schädel brechen … oder mir die abgebrochene Stange ins Herz rammen wie einen Speer. Also sah ich mich erneut auf der Bühne nach etwas um, das ich einsetzen konnte, um sie umzubringen, bevor sie mich umbrachte.

Ein silbernes Glänzen fesselte meinen Blick. Ich konzentrierte mich auf den fast vier Meter hohen Nussknacker, der rechts neben der Bühne stand. Diese Figur war viel größer als die anderen. Dasselbe galt auch für das silberne Objekt, das er hielt – und das in meinem Blick blutrot leuchtete. Ich wusste nicht, ob ich es rechtzeitig dorthin schaffen würde oder was ich damit anfangen sollte, wenn ich den Gegenstand erreichte, aber das war meine einzige Chance, also rannte ich los.

Bumm!

Katarina rammte mir die Zuckerstange gegen den Rücken wie einen Baseballschläger. Ich verlor den Halt an den Glöckchen und stolperte auf den Nussknacker zu. Im letzten Moment gelang es mir, mich zur Seite zu werfen, sodass ich nur mit der Brust gegen den rechten Arm der Figur knallte – statt in das Objekt zu rennen, das er hielt.

Der harte Aufprall raubte mir trotzdem den Atem. Keuchend klammerte ich mich an dem Nussknacker fest. Ich sah auf und starrte auf die riesigen, glänzend weißen Zähne der Figur. Mit einem Schauder richtete ich mich auf und drehte mich um.

Katarina umklammerte immer noch die zerbrochene Zuckerstange. Sie wirbelte in Pirouetten auf mich zu, gewann immer mehr an Geschwindigkeit. Wenn sie mich mit diesem Schwung traf, war ich tot. Aber ich behielt meine Position bei und ließ sie auf mich zukommen.

Der Tanz der Zuckerfee lief immer weiter und strebte seinem klimpernden Finale entgegen.

Die Ballerina wirbelte näher und näher heran. Ich hob leicht die Arme und wartete, während die Stimme in meinem Kopf mich vor dem Tod warnte, der so offensichtlich auf mich zukam.

Gefahr-Gefahr-Gefahr!

Katarina drehte sich immer schneller, fast zu schnell, um die Bewegungen zu erfassen. Ich sah nur noch das mörderische Glitzern ihrer Augen und das Blitzen der Kristalle an ihrem Kostüm. Trotzdem blieb ich, wo ich war. Ich musste meine Aktion richtig timen, sonst war ich tot.

Die Ballerina vollführte eine letzte Drehung und hob den Arm zum tödlichen Schlag. Mein gesamtes Blickfeld färbte sich rot.

Jetzt!

Ich sprang nach vorn und packte ihre Handgelenke, als wären wir Partner in einem komplizierten Todestanz. Katarina knurrte frustriert, doch sie hatte zu viel Schwung, um anzuhalten oder sich mir zu entziehen.

Ich packte sie fester und wirbelte sie weiter im Kreis. Gleichzeitig sah ich über ihre Schulter, versuchte erneut, genau den richtigen Moment abzuschätzen …

Jetzt!

Ich stoppte abrupt, grub meine Fersen in den Boden und schubste Katarina nach hinten, so fest ich konnte – direkt auf das silberne Schwert, das der riesige Nussknacker vor sich hielt.

Die Klinge bohrte sich in Katarinas Rücken, und sie schrie vor Schmerz und Überraschung. Sie wollte sich befreien, doch ich packte erneut ihre Handgelenke, um sie tiefer auf die Klinge zu schieben und zu drücken, bis die Spitze vorn aus ihrer Brust austrat.

Katarina kreischte. Ein blutroter Fleck blühte auf ihrem pflaumenfarbenen Kostüm auf, als hätte sie sich nach der Vorstellung eine Rose an die Brust geheftet. Sie riss den Arm hoch und schlug mit der Zuckerstange nach mir, doch die Attacke war schwach und ungeschickt. Bald schon blieben ihre Bewegungen aus.

»Dieser … verdammte … Nussknacker …«, murmelte sie. Allerdings war ich mir nicht sicher, ob sie von dem Ballett sprach oder von der Figur, die ich gerade eingesetzt hatte, um sie zu töten.

Katarina zuckte noch ein paarmal, dann wurden ihre braunen Augen glasig. Ihr Kopf sank nach unten, die Zuckerstange glitt ihr aus den schlaffen Fingern, und ihr Körper sackte nach vorn, nur noch gehalten von dem Schwert. Hinter ihr grinste der Nussknacker manisch.

Zitternd wich ich vor dem grauenhaften Anblick zurück. Meine Stiefel verloren den Halt, und ich sank zu Boden, genau in dem Moment, als die klimpernde Melodie ihr triumphales Ende fand.

Dam!

14

Desmond

Mithilfe der Elektrizität heilte ich als Erstes die tiefe Stichwunde in meinem Arm. Elsa beobachtete mich neugierig, warf immer wieder kurze Blicke zu den flackernden Lampen, sagte aber nichts.

Danach durchsuchte ich den bewusstlosen Jacques, um sicherzustellen, dass er keine weiteren Waffen am Körper trug. Ich zog einen Spritzbeutel aus seiner Tasche, der laut Elsa Sprengstoff enthielt, und legte ihn zur Seite. Im Anschluss fesselte ich den Küchenchef mit je einem Paar eiserner Hand- und Fußschellen, die Elsa aus einem Haufen antiker Waffen zog.

Dann sammelte ich meine Pistole auf, bevor Elsa und ich gemeinsam die Schatzkammer verließen.

»Wo ist Lina?«, verlangte sie zu wissen, als wir die Wendeltreppe ins Erdgeschoss hinaufstiegen. »Wo ist meine Nichte? Was ist mit den Gästen passiert?«

»Lina geht es gut«, antwortete ich. »Sie ist bei Gabriel Chase. Er hat sie und alle anderen zur Seilbahn gebracht. Sie sollten die Burg inzwischen sicher hinter sich gelassen haben und im Tal angekommen sein.«

Elsa runzelte die Stirn, als würde sie etwas verwirren. Sie öffnete den Mund, doch in diesem Moment hallte ein Schrei durch die Luft.

Wir erstarrten. Wenige Sekunden später erklang der nächste Schrei.

»Wo kam das her?«, wollte ich wissen.

Elsa deutete auf die Prunktreppe. »Aus dem Ballsaal.«

Ich eilte die Stufen nach oben, Elsa war mir auf den Fersen. Ich hielt die Pistole im Anschlag, doch mir begegneten keine Gangster mehr, also rannte ich durch die Flure, so schnell ich konnte. Eine Minute später stürmte ich in den Ballsaal. Elsa war ein gutes Stück zurückgeblieben.

Ich sah mich nach Gangstern um. Allerdings konnte ich keine Feinde entdecken, trotzdem hatte sich etwas im Ballsaal verändert: Auf der Bühne befanden sich zwei Körper.

Katarina Tanetsa war auf dem langen Schwert in den Händen des größten Nussknackers aufgespießt, als wäre sie eine Marionette, die jederzeit durch einen Zug an ihren Fäden wieder zum Tanzen gebracht werden konnte. Sie war offensichtlich tot, also konzentrierte ich mich auf die zweite Gestalt, die ein kleines Stück entfernt lag. Eisige Krallen gruben sich in mein Herz und drohten, es zu zerreißen.

»Charlotte!«, schrie ich, während ich zur Bühne rannte. »Charlotte!«

Ein leises Stöhnen erklang, dann setzte sie sich langsam auf.

»Entspann dich, Dundee«, krächzte Charlotte. »Ich versuche nur, wieder zu Atem zu kommen. Vorsatz fürs neue Jahr: weniger Zucker und mehr Ausdauertraining.«

Ich hatte absolut keine Ahnung, wovon sie sprach, aber im Moment wollte ich nur sicherstellen, dass es ihr gut ging. Ich hielt vor der Bühne inne und musterte sie genau. Der tiefe Schnitt an ihrem Unterarm nässte immer noch, ihr Gesicht war verfärbt und verquollen, und sie presste sich einen Arm an die Rippen, aber die blaue Aura um ihr Herz strahlte gleichmäßig und stark. Eine warme Welle der Erleichterung überschwemmte mich, und die eisigen Krallen an meinem Herzen lösten sich auf.

Charlotte rutschte nach vorn und schwang die Beine über den Rand der Bühne. Sanft umfasste ich ihre Taille und hob sie herunter. Sie zischte vor Schmerz und vergrub die Finger in meinem verknitterten Smoking-Jackett, um sich zu stabilisieren. Unsere Blicke trafen sich … und ich blieb einen Moment unbeweglich stehen, um ihr kühles, beruhigendes Blau in mir aufzunehmen.

»Du hast mir wirklich Angst gemacht, Ziffer.«

»Nicht mehr als du mir, Dundee«, antwortete sie, dabei klang ihre Stimme genauso gepresst wie meine.

Wir sahen uns tief in die Augen. Ein Teil der Anspannung zwischen uns ebbte ab, und ihr verquollenes Gesicht verzog sich zu einem spöttischen Grinsen.

»Wenn du das nächste Mal eine Weihnachtsfeier sprengen willst, werde ich uns beiden einen Gefallen tun und es dir ausreden«, meinte sie.

Ich lachte, dann zog ich sie vorsichtig näher an mich heran. Wieder saugten sich unsere Blicke aneinander fest. Sie hob die Hand und schob mir langsam die Finger ins Haar, ich senkte den Kopf …

»Da lasse ich euch gerade mal eine Stunde allein … und schaut euch an, was passiert«, rief eine vertraute Stimme.

Seufzend drückte ich die Stirn gegen Charlottes. »Dein Freund hat ein wirklich schlechtes Timing.«

»Mein Freund? Du bist derjenige, der gerade eine seltsame Cleaner-Bromance mit ihm abzieht. Aber ja, schreckliches Timing gehört zu seinen besonderen Begabungen.«

Ich trat zurück. Charlotte ergriff meine Hand und drückte meine Finger. Ich erwiderte den Druck, dann drehten wir uns beide um.

Gabriel stand mit einer Pistole in der Hand im Ballsaal. Er wirkte fast unberührt von all dem Tod und Drama des heutigen Abends und sah so frisch und gepflegt aus wie zu Beginn der Party vor ein paar Stunden.

Lina spähte hinter Gabriels Beinen hervor. »Tante Elsa!«, schrie sie und rannte los.

Elsa öffnete die Arme. Die beiden umarmten sich mitten im Saal, umgeben von Blut und Leichen. Maria trat ebenfalls hinter Gabriel hervor und schenkte Charlotte ein zittriges Lächeln.

Charlotte packte meine Hand fester. Wir sprachen nicht, aber das war auch nicht nötig. Wir waren einfach froh, wieder eine Mission überlebt zu haben – gemeinsam.

Ich nutzte den Strom aus den Leitungen in den Wänden des Ballsaals, um Charlotte zu heilen. Dann durchsuchten sie, Gabriel und ich die Burg nach weiteren Söldnern. Aber sie waren alle entweder getötet oder festgesetzt worden. Wir hatten gerade die erste Durchsuchung abgeschlossen, als die ersten Section-47-Agenten aus der Niederlassung in Frankfurt ankamen.

Einige der Agenten blieben im Tal, nahmen die Aussagen der Partygäste auf und kümmerten sich um die menschlichen Behörden, während andere im Ballsaal begannen, die Gesichter der Söldner für eine Identifikation zu scannen sowie ihnen Fingerabdrücke und DNA-Proben abzunehmen. Und natürlich mussten die Sprengstoffspezialisten die Bomben entschärfen und die ganze Sprengschnur entfernen, die sich wie eine riesige Weihnachtsgirlande innerhalb und außerhalb der Burg entlangzog.

Charlotte und ich erstatteten der Chefin der Frankfurter Niederlassung Bericht. Sie war nicht allzu glücklich darüber, dass wir ihren Weihnachtsabend mit der Familie zerstört hatten. Das konnte ich ihr nicht übel nehmen. Niemand von uns hatte sich diesen Abend so vorgestellt.

Obwohl ich unsere Wunden bereits mit meinem Galvanismus geheilt hatte, mussten wir uns von einem Sanitäter der Section untersuchen lassen, der sich im Anschluss auch noch Elsa, Lina und Maria ansah. Ein anderer Sanitäter näherte sich dem anscheinend völlig unverletzten Gabriel, aber ein finsterer Blick des ehemaligen Cleaners brachte ihn schnell dazu, umzudrehen.

Irgendwann verließen Charlotte und ich den Ballsaal und gingen zur Prunktreppe in der Mitte der Burg. Die Sprengstoffexperten hatten diesen Bereich bereits geräumt. Die Leichen der Söldner waren in Leichensäcke verpackt worden und warteten jetzt auf Bahren im Erdgeschoss auf den Transport nach Frankfurt. Jacques saß in der Nähe auf einem Stuhl, die Hände mit Handschellen auf den Rücken gefesselt. Neben ihm saß der Mann, den Charlotte unter Drogen gesetzt hatte. Sie waren die einzigen Überlebenden aus Katarina Tanetsas Söldnertruppe.

Charlotte und ich stellten uns ans Geländer und beobachteten, wie ein paar Agenten der Section Jacques und den anderen Kerl auf die Beine zerrten.

»Sie haben sich auf die falsche Party geschlichen, Chef«, rief Charlotte. *»Imbécile!«*

Jacques warf ihr einen bösen Blick zu und fluchte auf dem Weg nach draußen auf Französisch vor sich hin. Die Agenten, die ihn abführten, schlossen die Tür hinter sich, sodass wir allein in diesem Teil der Burg zurückblieben.

Ich deutete mit dem Kinn zur Seite. »Da gibt es noch etwas, das ich dir zeigen muss.«

Charlotte folgte mir den Flur entlang. Ich sah mich noch einmal um, ob wir allein waren, dann schnappte ich mir eines der Geschenke vom Boden, führte Charlotte in die nahe gelegene Bibliothek und schloss die Tür hinter uns.

Ich legte das Geschenk auf den Tisch, hob den Deckel an und enthüllte so den Metallkoffer, bevor ich ihr den Inhalt zeigte.

Vorsichtig zog Charlotte eine der Phiolen aus dem Koffer, hielt den Glasbehälter ans Licht und musterte den zähflüssigen Inhalt. »Das ist also Redburn. Henrika Hydes Sprengstoff, der angeblich jeden Paranormalen töten kann. Es wirkt so … harmlos.« Sie verzog angewidert das Gesicht. »Trotz des komischen Geruchs.«

Erneut stiegen Bilder der Explosion aus meiner Erinnerung in mir auf. Geschwärzter Sand. Grahams rot glänzende Haut. Das Brennen, Brennen, Brennen auf meiner eigenen Haut, das einfach nicht vergehen wollte …

Ich räusperte mich, aber es kostete mich trotzdem einen Moment, die Erinnerungen zu verdrängen. »Wir wissen beide, wie sehr der Schein trügen kann.«

Charlotte nickte, dann legte sie die Phiole wieder zu den anderen in den Koffer. Die Sprengstoffexperten hatten Dutzende weiße Quader aus Jacques' selbstgefertigtem Sprengstoff gefunden, sowohl innerhalb als auch außerhalb der Burg, aber das war das gesamte Redburn, das die Söldner mitgebracht hatten. Sieben kleine Phiolen, um eine Burg zu zerstören, die bereits seit Hunderten von Jahren auf diesem Berg stand. Ich konnte immer noch nicht ganz begreifen, wie stark und gefährlich dieser Sprengstoff war.

»Was willst du mit den Phiolen tun?«, fragte Charlotte.

»Wir sollten sie an die Sprengstoffexperten der Section übergeben, damit sie sicherstellen können, dass das Redburn stabil ist und uns nicht in die Luft sprengen wird, wenn wir am wenigsten damit rechnen.«

»Grandma Jane hatte da eine Redewendung: *Sollen ist nicht dasselbe wie wollen.*« Charlottes Augen wurden schmal. »Und du *willst* diese Phiolen nicht an die Sprengstoffexperten übergeben.«

»Nein, das will ich nicht. Ich will sie zurückhalten, zumindest, bis wir uns sicher sein können, dass es keine weiteren Verräter innerhalb der Section mehr gibt.« Ich zögerte, dann räusperte ich mich wieder und äußerte meinen zweiten, sehr viel besorgniserregenderen Gedanken. »Und selbst wenn es keinen Maulwurf mehr geben sollte … du weißt, was das Direktorium, allen voraus mein Vater, mit diesen Phiolen anstellen wird.«

Sie seufzte. »General Percy und die anderen werden den Sprengstoff untersuchen wollen – sie werden die Formel entschlüsseln, um ihre eigene Version von Redburn anzufertigen.«

Ich nickte. »Genau.«

Wir verfielen in Schweigen. Charlotte senkte den Blick auf die Phiolen, dann wurde ihre Miene grimmig. Ich konnte ihr Gehirn quasi arbeiten sehen, als sie sich ausmalte, auf welche Weise mein Vater die Redburn-Formel missbrauchen konnte. In meinem Kopf spukten mindestens ein halbes Dutzend Szenarien herum … und ich war mir sicher, dass Charlotte von noch viel mehr wusste.

Sie hob den Blick wieder zu mir. »Also behalten wir die Phiolen. Zumindest für den Moment. Finden jemanden, der die Formel diskret für uns analysiert, ohne irgendwem zu verraten, dass es sich um eine Probe von Redburn handelt. Nicht einmal Gia oder Evelyn.«

Ich nickte wieder. »Das wäre das Sicherste – für alle.«

Charlotte lächelte schief. »Außer für uns.«

Dem konnte ich nicht widersprechen. Aber wir hatten unsere Entscheidung getroffen, also schloss ich den Koffer und zog ihn aus der Geschenkverpackung.

Charlotte und ich kehrten in den Ballsaal zurück. Ein paar Agenten waren noch mit der Identifizierung der Söldner beschäftigt, während Gabriel, Lina und Maria all die Ringe, Ketten, Handys, Uhren und Geldbeutel aus dem roten Samtsack zogen, den die Gangster für das Einsammeln der Beute verwendet hatten. Die drei legten alles auf der Bühne aus, damit die Gegenstände identifiziert und an ihre rechtmäßigen Besitzer zurückgegeben werden konnten.

Elsa stand mit verschränkten Armen ein paar Schritte entfernt. In unserer Abwesenheit hatte jemand Katarina den Nussknacker-Rubin von der Hand gezogen und ihn Elsa gegeben. Der Edelstein leuchtete an ihrem Zeigefinger wie ein dunkler Tropfen Blut. Elsa rieb immer wieder mit dem Daumen über das herzförmige Juwel, als versuchte sie, einen Geist aus der Flasche zu beschwören, um ihre Probleme auf magische Art zu lösen.

Charlotte und ich gingen zu ihr.

»Ich wollte Lina nach allem, was ihr in den letzten Monaten zugestoßen ist, einfach nur ein schönes Weihnachten ermöglichen«, sagte Elsa und starrte über den zerstörten Ballsaal hinweg. »Von Peters Spielschulden und seinen Diebstählen habe ich erst viel zu spät erfahren. Ich habe versucht, es in Ordnung zu bringen, hab mich so bemüht, aber ihr seht ja, wie das für mich gelaufen ist.«

Ich zeigte mit dem Kinn auf den Ring an ihrem Finger. »Hast du deswegen all diese Leute eingeladen und ihnen Zehntausende von Dollar Eintritt abgenommen, damit sie einen gefälschten Rubinring bewundern?«

»Natürlich«, antwortete sie. »Niemand hätte den Unterschied bemerkt. Und ich hatte vor, das Geld zu verwenden, um unseren ehrlichen Klienten zurückzuerstatten, was Peter von ihnen gestohlen hat – den Schulen und Wohltätigkeitsorganisationen, von denen er Geld unterschlagen hat. Außerdem musste ich vor all den kriminellen Klienten meiner Familie den Schein wahren. Ich wollte sie davon überzeugen, dass alles in Ordnung ist, damit sie sich ihre Konten und Kunstwerke nicht zu genau ansehen und mich ins Visier nehmen – alle gleichzeitig.«

Elsa seufzte erschöpft. »Ich wollte die Geschäfte der Familie niemals übernehmen, aber nach dem Tod meiner Eltern hatte ich einfach keine andere Wahl. Ich musste Geld verdienen und mich und Peter schützen.« Sie stieß ein bitteres Lachen aus. »Besonders ironisch ist, dass ich *gut* in dem Job bin. Ich bin wirklich gut darin, Kunstwerke aufzuspüren, Antiquitäten zu beurteilen und sicher aufzubewahren. Und Peter war das … *nicht*. Ich glaube, deswegen hat er mit dem Glücksspiel angefangen. Er wollte in irgendetwas gut sein; wollte irgendetwas *besser* können als ich.«

Charlotte nickte. »Ich weiß, wie schwierig Familientraditionen sein können. Manchmal muss man aber einfach das Beste daraus machen.« Ihre Miene wurde hart. »Aber wage es *niemals*, dich dafür zu entschuldigen, dass du in etwas *herausragend* bist, verdammt! Und rede dir nicht mal für eine *Sekunde* ein, irgendetwas an alledem wäre *deine* Schuld. Die Spielsucht und der Neid deines Bruders waren seine Probleme. Er war einfach so selbstbezogen, dumm und rücksichtslos, dass er sie zu deinen gemacht hat.«

Ich beäugte Charlotte und musste daran denken, wie sie mir erzählt hatte, dass Jack Lockes Feinde sie über die Jahre immer wieder aufs Korn genommen hatten, besonders, als sie noch jünger gewesen war. Sie mochte gerade über Elsa reden, aber ich war mir sicher, dass sie auch von sich und ihrem Vater sprach.

Elsa nickte abgehackt und richtete sich ein bisschen höher auf. »Und was jetzt? Wirst du mich für die Section in Gewahrsam nehmen?«

Charlotte warf mir einen fragenden Blick zu. Ich zuckte nur mit den Achseln. Ihre Entscheidung.

»Tatsächlich«, meinte Charlotte, »hätte ich da eine bessere Idee. Statt dich zu verhaften, sollten wir vielleicht … Freunde werden.«

Elsa blinzelte überrascht. »Was meinst du damit?«

»Mach genau das weiter, was du tust – was deine Familie seit

Generationen tut. Finde Kunstwerke, sorge für ihre Sicherheit, verschiebe sie für paranormale Kriminelle.«

Elsa kniff misstrauisch die Augen zusammen. »Und als Gegenleistung?«

»Wann immer Desmond und ich dich um einen Gefallen bitten, hilfst du uns, ohne zu zögern oder Fragen zu stellen«, antwortete Charlotte.

»Von welcher Art Gefallen sprechen wir hier?«

»Von der besten Art.« Ein hinterhältiges Lächeln breitete sich auf Charlottes Gesicht aus. »Informationen.«

Elsas Augenbrauen schossen in die Höhe. »Du willst, dass ich meine Klienten für dich ausspioniere. Das dürfte der sichere Weg in meinen eigenen Tod sein.«

»Nenne es, wie du es willst. Aber es ist besser, Freunde wie uns zu haben, als in einem Geheimgefängnis der Section zu verrotten.«

Ganz verschiedene Emotionen huschten über Elsas Miene und spiegelten sich im Pulsieren ihrer roten Aura. Überraschung, Misstrauen, Wachsamkeit … und ein kleiner Funken Hoffnung.

Nach einem Moment schüttelte sie den Kopf. »Selbst wenn ich das Angebot annehmen wollte, dafür ist es zu spät. Mehrere meiner Klienten waren heute Abend hier. Alle Gäste wissen, dass ich ihnen einen gefälschten Rubinring präsentiert habe. Das werden sie nicht vergessen.«

Charlotte zuckte nur mit den Achseln. »Dann bieg es dir zurecht.«

»Was?«, fragten Elsa und ich gleichzeitig.

Charlotte hob den Arm zu einer Geste, die den gesamten zerstörten Ballsaal einschloss. »Bieg es dir zurecht. Dreh die Situation so, dass sie dir zum Vorteil gereicht. Erzähl die Geschichte, die *du* erzählen willst.«

»Und wie soll die aussehen?«

»Zuerst einmal behauptest du steif und fest, du hättest keine Ahnung gehabt, dass nur eine Fälschung ausgestellt wurde. Erzähl ihnen, dein Security-Team hätte in letzter Minute Wind von einem geplanten Überfall erhalten und hätte den Ring ausgetauscht, ohne dich zu informieren. Zum Zweiten: Erstatte allen den Eintrittspreis zurück, mit einem zwanzigprozentigen Bonus, um sie für die Unannehmlichkeiten zu entschädigen. Dann lade sie zu einer größeren, besseren Party ein, umsonst, damit sie den echten Rubin bewundern können. Wenn du noch ein bisschen teuren Schnickschnack zu verschenken hättest, wäre das nett. Jeder mag Geschenke.«

Charlotte sah zu dem Haufen umgefallener Nussknacker. »Vielleicht solltest du ihnen jeweils einen Nussknacker als Souvenir mitgeben.« Sie schüttelte sich. »Oder auch nicht.«

Elsas Augenbrauen berührten fast ihren Haaransatz. »Also willst du, dass ich – eine namhafte, angesehene Antiquitätenexpertin – zugebe, dass ich eine Fälschung nicht erkannt habe und mein Security-Team außerdem wissentlich das Leben meiner Gäste gefährdet hat? Das würde meinen Ruf zerstören.«

»Dein Ruf wird leiden, das ist sicher. Aber die Leute werden so oder so sauer sein«, antwortete Charlotte. »Also mach dich bestmöglich wieder lieb Kind bei ihnen. Unter anderem, indem du ihnen von den geheimen, unglaublich talentierten Profis erzählst, die du angeheuert hast, um ihre Sicherheit zu garantieren.«

Sie deutete erst auf mich, dann auf Gabriel, der immer noch mit Lina und Maria das Diebesgut sortierte. »Alle Gäste haben gesehen, wie Desmond und Gabriel die Söldner erledigt haben. Und dann hat Gabriel sie in Sicherheit gebracht. Also verkauf die beiden als Teil deines Security-Teams … zumindest, wenn du mit deinen normal sterblichen, ehrlichen Klienten redest.«

»Und was erzähle ich meinen paranormalen Klienten?«, fragte Elsa.

»Denen verklickerst du, dass du alles über den geplanten Überfall wusstest. Dass du eine Falle aufgestellt, Katarina und mehrere Söldner in die Schatzkammer gelockt und sie dort erledigt hast«, antwortete Charlotte kalt. »Grundsätzlich läuft doch alles auf eine Tatsache hinaus: Du bist noch am Leben, die Angreifer nicht. Deine kriminellen Klienten werden das als Zeichen von Stärke deuten, nicht von Schwäche. Deine Feinde haben dich angegriffen, und du hast sie ausgeschaltet. Das allein wird dafür sorgen, dass andere sich zweimal überlegen, ob sie dich attackieren wollen. Und das könnte dir gerade genug Zeit erkaufen, um die Gegenstände zu finden, die Peter verkauft hat – und das Geld zurückzuerstatten, das er gestohlen hat.«

Elsa riss die Hände in die Luft. »Diese Geschichte wird mir doch niemand abnehmen! Sie ist lächerlich.«

Charlotte zuckte wieder mit den Achseln. »Natürlich ist sie lächerlich. Aber es ist auch eine *gute Geschichte* … und alle lieben gute Geschichten, egal, wie unglaubwürdig sie sind.«

Elsa biss sich – offenbar wenig überzeugt – auf die Unterlippe.

Charlotte deutete mit dem Kopf zur Bühne. »Wenn du es nicht für dich selbst tust, dann tue es für Lina. Sie braucht dich hier. Du nutzt ihr nichts, wenn du in einem Geheimgefängnis der Section verrottest. Besonders, weil du die einzige Familie bist, die sie noch hat.«

Elsa musterte Charlotte. In ihren Augen erkannte ich eine ähnliche Berechnung wie oft in Charlottes Blick.

Nach ein paar Sekunden stieß Elsa ein harsches Lachen aus. »Ich habe dich vollkommen unterschätzt. Die ganze Zeit über habe ich gedacht, du wärst einfach nur eine Analystin der Section, so wie du es behauptet hast. In Wirklichkeit bist du allerdings ein kaltes, skrupelloses, manipulatives *Miststück*.«

Charlotte schenkte Elsa ein hartes Lächeln. Dann nickte sie einmal und streckte der anderen Frau die Hand entgegen. »Haben wir eine Abmachung?«

Elsa beäugte Charlotte noch einen Moment, dann trat sie vor und schüttelte die angebotene Hand. »Zufälligerweise mag ich kalte, skrupellose, manipulative Miststücke. Sie geben tolle Freundinnen ab.«

Ohne die Hände voneinander zu lösen, musterten sich die Frauen. Ihre Auren pulsierten, und in ihren Blicken erkannte ich tausendundeinen berechnenden Gedanken.

Elsa gab Charlottes Hand frei. »Ich sollte nach Lina sehen.«

Sie nickte noch einmal, bevor sie zu ihrer Nichte ging. Gabriel kam gerade in unsere Richtung geschlendert. Elsa blieb neben ihm stehen und murmelte ihm etwas zu. Gabriel nickte, dann kam er zu Charlotte und mir, während Elsa sich zu Lina und Maria vor der Bühne gesellte.

»Worum ging es gerade?«, fragte ich.

»Oh, Elsa hat sich für die nächsten Tage meine Dienste gesichert, zumindest, bis ihr Security-Team ersetzt und die Burg wieder gesichert wurde«, antwortete Gabriel. »Was ist in dem Koffer, Geck?«

Ich packte den Griff des Metallkoffers mit dem Redburn fester. »Partymitbringsel«, antwortete ich locker.

Gabriel zog bei meiner nichtssagenden Antwort die Augenbrauen hoch, hakte aber nicht nach. Stattdessen wandte er sich an Charlotte und musterte sie von Kopf bis Fuß. »Tolles Kostüm. Sehr … spionknackerisch.«

»Spionknackerisch?« Sie schnaubte. »Das ist kein richtiges Wort. Aber ich nehme deinen Spott zur Kenntnis. Besonders, da du aussiehst, als wärst du direkt einem Modemagazin entsprungen.«

Gabriel breitete die Arme aus und drehte sich langsam im

Kreis, als wäre er ein Model, das seinen perfekt sitzenden Smoking präsentierte. »Was soll ich sagen? Ich bin einfach ein besserer Cleaner als dein Kumpel Geck … und überstehe Kämpfe somit auch eher unbeschadet.«

»Ich stehe direkt neben dir«, fiel ich ein. »Und ich meine mich zu erinnern, dass ich einen Söldner erschossen habe, der dir eine Kugel in den Rücken jagen wollte.«

»Nun, diese Meinungsverschiedenheit werden wir wohl nicht ausräumen können.«

»Ja, ja«, meinte Charlotte. »Ihr seid beide tolle Cleaner. Gefährlich und tödlich und was auch immer.«

»*Ich* bin der Beste«, antworteten Gabriel und ich gleichzeitig.

Er warf mir einen bösen Blick zu, den ich ebenso erwiderte.

»Meuchelmörder und ihre Egos.« Charlotte verdrehte die Augen, dann richtete sie ihre Aufmerksamkeit wieder auf Gabriel. »Allerdings bin ich sehr froh, dass du heute Abend hier warst. Was für ein glücklicher Zufall!«

Ihre Stimme blieb mild, ihr Tonfall freundlich, aber sie hatte die Augen zusammengekniffen. Charlotte vollführte schon wieder irgendeine mentale Gymnastik, auch wenn ich keine Ahnung hatte, was sie gerade dachte – oder welche Schlussfolgerungen sie über ihren Freund Gabriel Chase zog.

Gabriel richtete sich auf und rückte seine Fliege zurecht, obwohl sie bereits perfekt gerade saß. »Du kennst mich doch, Char. Ich tauche immer genau dort auf, wo ich gebraucht werde. Zur richtigen Zeit am richtigen Ort und all das.«

»Mmmm.« Sie stieß ein unbestimmtes Geräusch aus, aber ihre Augen wurden noch schmaler.

Gabriel grinste Charlotte an, dabei flackerte seine rauchgraue Aura kurz, fast als … sorgte er sich wegen irgendetwas. »Auf jeden Fall sollte ich jetzt sicherstellen, dass Maria gut nach Hause kommt und Elsa und Lina heute Nacht sicher untergebracht werden. Wir sprechen uns später, Char. Geck.«

Er nickte uns knapp zu, bevor er zurück zu Elsa, Lina und Maria schlenderte. Charlotte beobachtete seinen Abgang, offensichtlich immer noch in gedanklichen Kalkulationen versunken. Nach ein paar Sekunden schüttelte sie den Kopf, als wollte sie irgendwelche Gedanken vertreiben, und sah wieder mich an.

»Ich weiß ja nicht, wie es dir geht, aber ich hatte so viel Weihnachtsstimmung, mehr kann ich nicht ertragen. Lass uns hier verschwinden, Dundee.«

»Was immer du sagst, Ziffer.«

Charlotte streckte mir die Hand entgegen. Ich verschränkte unsere Finger. Gemeinsam ließen wir den zerstörten Ballsaal hinter uns.

15

Charlotte

Ich holte mir meine normale Kleidung und die Turnschuhe aus dem Schließfach, dann fuhren Desmond und ich mit der Seilbahn ins Tal.

Das ganze Dorf war auf den Beinen, obwohl es bereits nach Mitternacht war. Die Gewalttaten in der Burg hatten alle Einwohner schockiert. Sie hatten sich Mäntel über ihre Pyjamas gezogen und standen in Gruppen zusammen, um sich über die Geschehnisse auszutauschen. Daher beachtete uns niemand, als wir uns durch die Menge schoben und in das Hotel zurückkehrten, in dem wir die letzten Nächte verbracht hatten.

Wir waren beide vollkommen erschöpft, also sprangen wir nur kurz unter die Dusche und fielen dann in unsere jeweiligen Betten. Ich schlief wie ein Stein und erwachte am nächsten Morgen von sanftem Stimmengemurmel, begleitet von dem Klappern von Geschirr. Ich streckte mich, gähnte und setzte mich auf.

»Guten Morgen, Schlafmütze«, rief Desmond aus dem Wohnzimmer.

Stöhnend ließ ich mich wieder aufs Bett fallen. »Du bist viel zu fröhlich für die Uhrzeit.«

»Ich dachte, ich überrasche dich mit einem Frühstück. Aber wenn du kein Gebäck willst …« Seine Stimme verklang lockend.

Sofort setzte ich mich wieder auf. »Gebäck?«

Ich hörte ihn amüsiert glucksen. »Wenn es um Nahrung mit Zucker geht, bist du der reinste Bluthund.«

»Wenn es um Gebäck geht? Aber sicher doch.«

Ich stand auf, kämmte mich schnell, zog mir den weißen Hotelbademantel über meinen Pyjama und tapste ins Wohnzimmer.

Vor dem großen Panoramafenster stand ein Tisch, der für zwei Personen gedeckt war. Der Schneefall hatte endlich aufgehört, doch das gesamte Dorf Tannenstand lag unter einer dicken weißen Schicht, genauso wie der Berg dahinter. Aus dieser Entfernung wirkte der Anblick ruhig und friedlich. Niemand hätte je vermutet, dass gestern Nacht etwas Außergewöhnliches auf Burg Tannenbaum geschehen war.

Ich schrieb mir ein gedankliches Memo, Gabriel zu fragen, wo er Elsa und Lina untergebracht hatte. Ich wollte Elsa vor unserer Abreise noch zu Henrika Hyde und ihren anderen kriminellen Klienten befragen. Aber das war ein Problem für später. Im Moment war ich entschlossen, die Zeit mit Desmond zu genießen. Er war damit beschäftigt, silberne Teller von einem Servierwagen auf den Tisch zu legen. Er war bereits angezogen, trug ein hellblaues Hemd zu einer passenden Hose, Krawatte und Weste. Mein Herz setzte für einen Schlag aus. Gestern Nacht hatte ich mehr als einmal geglaubt, ich würde ihn nie wiedersehen, was diesen Morgen – den Weihnachtsmorgen – zu etwas ganz Besonderem machte.

Desmond deckte den Tisch fertig und sah mich an. »Charlotte? Woran denkst du?«

Mir war nicht danach, meine verletzlichen Gefühle zu diskutieren, also schnappte ich mir eine Kirschtasche von einer der Servierplatten. »Daran, dass ich jedes einzelne Gebäckstück auf diesem Tisch essen werde.«

Er hob eine Augenbraue. »Hast du gestern Nacht nicht irgendetwas von weniger Zucker und mehr Ausdauertraining gesagt?«

Ich wedelte mit der Kirschtasche vor ihm herum. »Das ist mein Vorsatz fürs neue Jahr. Aber zu meinem großen Glück haben wir noch Dezember, was heißt, dass ich bis Silvester so viel schlemmen kann, wie ich möchte.«

Desmond lachte, dann griff er nach einem Glas mit einer roten Flüssigkeit darin und reichte es mir. »Hier.«

»Was ist das?«

»Ein neues Smoothie-Rezept, an dem ich arbeite.«

Ich beäugte die Flüssigkeit misstrauisch. »Sieht sehr ... gesund aus.«

»Oh, es ist sehr gesund. Das ist auch der Grund, warum du das trinken solltest.«

Ich grummelte noch ein bisschen, aber dann nippte ich an dem Smoothie – einer köstlichen Mischung aus Cranberrys und Orange. Das Zeug schmeckte so lecker, dass ich fast vergaß, dass es gut für mich war.

Außer Gebäck hatte Desmond noch Rühreier, Speck, Würstchen, Bratkartoffeln und frische Früchte geordert. Wir setzten uns an den Tisch und frühstückten in kameradschaftlichem Schweigen, wobei wir beide unsere Nachrichten auf dem Handy kontrollierten.

»Gabriel hat Elsa und Lina hierhergebracht, ins Hotel«, meinte ich. »Sie wohnen zwei Stockwerke unter uns. Maria ist letzte Nacht bei ihrer Mutter im Dorf untergekommen.«

Desmond nickte, ohne den Blick von seinem eigenen Handy zu nehmen. »Gia sagt, die anderen Agenten haben die Arbeit in der Burg abgeschlossen. Sie und Evelyn erwarten einen vollständigen Bericht, sobald wir nach D. C. zurückgekehrt sind.«

Ich nickte ebenfalls, dann aßen wir weiter.

Irgendwann legte ich mein Handy zur Seite, schob meinen Teller nach hinten und stieß ein glückliches Seufzen aus. »Ahh.«

»Sag nicht, dass du schon fertig bist«, zog Desmond mich auf. »Da liegt immer noch ein halbes Dutzend Gebäckstücke.«

Er griff nach einer der kleinen Köstlichkeiten, aber ich schlug seine Hand zur Seite. »Die sind für später. Das weiß doch jeder, dass man an Weihnachten ständig essen muss. Unter anderem, bevor man die Geschenke öffnet.«

Er legte den Kopf schief. »Geschenke?«

Ich zögerte, denn ich fragte mich, ob ich das Thema besser nicht angeschnitten hätte ... aber es war bereits zu spät für einen Rückzieher. »Ja, Geschenke. Ich weiß, wir waren auf die Tannenbaum-Mission konzentriert und haben deswegen nicht groß über Weihnachten geredet, aber ich habe dir etwas besorgt.«

Ich ging in mein Zimmer, zog einen großen, in Geschenkpapier verpackten Karton aus meinem Koffer und stellte ihn vor Desmond auf den Tisch. Er griff nach dem Geschenk und schüttelte es leicht. Als der Inhalt nicht klapperte, öffnete er die Verpackung. Er lächelte. »Ein Mal-Set.«

Dann öffnete er die große Holzschachtel und ließ seine Fingerspitzen behutsam über die Kollektion von Kohlestiften, Farben und anderen Malutensilien gleiten, während sein Lächeln immer strahlender wurde. »Danke, Charlotte. Ich liebe es.«

Wahrheit, flüsterte meine innere Stimme. Allerdings hätte ich diese magische Bestätigung gar nicht gebraucht. Als ich das Set vor ein paar Wochen in einem Laden entdeckt hatte, hatte ich gewusst, dass es Desmond begeistern würde. Desmond besaß zu Hause in D.C. tatsächlich heimlich eine kleine Kunstgalerie, die gleichzeitig als Tarnung für eine seiner sicheren Wohnungen diente. Kunst war eine seiner Leidenschaften, und er kritzelte ständig auf Blöcken und Zetteln herum.

Desmond klappte die Schachtel wieder zu und stellte sie zur Seite. »Ich habe dir auch etwas besorgt.«

Damit verschwand er in seinem eigenen Schlafzimmer. Ein

paar Sekunden später tauchte er wieder auf und stellte ein kleines Geschenk auf den Tisch. Ich verzog das Gesicht. Das lila Papier war mit grinsenden, silbernen Nussknackern bedruckt.

»Tut mir leid«, sagte er. »Ich habe es eingepackt, bevor wir zur Burg aufgebrochen sind.«

»Ist schon okay.«

Ich schüttelte das Geschenk ebenfalls erst probeweise, aber auch hier war nichts zu hören. Ich riss das Papier ab, öffnete die blaue Samtschatulle darin und …

… entdeckte einen Kristallstern.

Kurz packte mich der Schock, doch dann empfand ich schnell ein warmes Gefühl des Staunens. Die Morgensonne traf auf die geschliffenen Facetten und zierlichen Spitzen des Kristalls, sodass der Stern heller glitzerte als der Schnee vor dem Fenster. Licht in allen Farben des Regenbogens tanzte unter dem Stern über den Tisch.

»Das ist …« Meine Stimme verklang, weil mir einfach die Worte fehlten. »Das ist genauso ein Stern wie die, die meine Großmutter gesammelt hat. Woher wusstest du das?«

»Erinnerst du dich, dass ich in deiner Wohnung vorbeigeschaut habe, als vor ein paar Wochen deine neue Couch geliefert wurde?«

Ich nickte.

»Nun, da hast du dir gerade alte Fotos angesehen. Unter anderem eines, auf dem du mit deiner Großmutter vor einem Christbaum zu sehen warst, der über und über mit diesen Sternen geschmückt war. Du hast erwähnt, wie sehr du diese Sterne vermisst … also habe ich Nachforschungen angestellt und eine Firma gefunden, die sie nach wie vor herstellt.« Desmond zögerte. »Gefällt dir das Geschenk?«

Diesmal wusste ich, was ich sagen musste: die Wahrheit. »Ich liebe es!«

Ich ergriff seine Hand, und er schloss die Finger um meine.

Dann saßen wir lächelnd da und sahen uns in die Augen. Langsam wurde aus der lockeren Atmosphäre eine ernste und intensive Stimmung. Wieder einmal überraschte mich die Tiefe meiner Gefühle für Desmond. Er bedeutete mir viel mehr, als ich je für möglich gehalten hätte – besonders, wenn man bedachte, dass wir uns zu Beginn weder gemocht noch einander vertraut hatten.

Erneut musste ich daran denken, wie leicht ich ihn gestern Abend hätte verlieren können. Als die Lichter in der Schatzkammer wieder angegangen waren und mir klar geworden war, dass Jacques ihn mit dem Messer attackiert hatte – dass der kriminelle Küchenchef ihn hätte umbringen können –, hatte ich an nichts anderes gedacht als daran, Desmond zu beschützen.

Ich hatte die Mission vergessen und Katarina. Selbst meine eigene Sicherheit hatte keine Rolle mehr gespielt.

Ich hatte nur daran denken können, Desmond zu retten – so wie ich jetzt an nichts anderes denken konnte als daran, mit ihm zusammen zu sein.

Ich stand auf und umrundete den Tisch. Desmond wollte ebenfalls aufstehen, aber ich legte ihm die Hände auf die Schultern, also blieb er sitzen. Ich schlang ihm die Arme um den Hals und setzte mich rittlings auf seinen Schoß.

Desmond packte meine Hüfte und zog mich näher, bis sich unsere Körper aneinanderschmiegten. Schon bei dieser einfachen Berührung stieg Hitze in mir auf, als erwachte ein schlafender Vulkan zum Leben. Wir starrten uns noch einen Moment an, dann senkte ich den Kopf und presste meine Lippen auf seine.

Zu Beginn war unser Kuss sanft und langsam, eine zärtliche Erkundung und eine köstliche Feier, dass wir beide noch hier waren; dass wir noch lebten, noch zusammen waren, trotz der schrecklichen Geschehnisse des gestrigen Abends. Doch bald schon wurden die Küsse leidenschaftlicher, unsere Zungen trafen sich, und ich summte vor Glück.

»Selbst jetzt schmeckst du nach Zucker und Limonen«, murmelte Desmond, bevor er sanft an meinem Hals knabberte.

»Und du duftest fantastisch frisch und sauber, wie Seife und Schnee und Kiefernharz«, antwortete ich, bevor ich die Finger in seinem seidigen Haar vergrub.

Lange blieben wir so sitzen, küssten uns leidenschaftlich, genossen die Gegenwart des anderen. Aber mit jeder Berührung unserer Lippen und Zungen erfüllte mehr Hitze meinen Körper. Ich drängte mich Desmond entgegen, um ihm näher zu kommen, noch mehr von ihm zu spüren.

Er knabberte erneut an meinem Hals, dann hob er den Kopf. »Weißt du, nachdem heute Weihnachtsmorgen ist, gäbe es da noch ein Geschenk, das ich gerne auspacken würde.«

»Welches denn?«

Ein anzügliches Lächeln verzog sein Gesicht. »Dich.«

Desmond stand auf, ohne mich loszulassen. Ich schlang die Beine um seinen Körper, dann küssten wir uns wieder, noch tiefer und leidenschaftlicher als bisher. Desmond entfernte sich ein paar Schritte vom Fenster und setzte mich auf dem dicken Teppich vor dem Wohnzimmerkamin ab. Hinter dem Gitter knisterten Flammen, doch ihre Wärme war nichts im Vergleich zu der Hitze, die meinen Körper erfüllte.

Ich machte mich an den Knöpfen seiner Weste zu schaffen, aber er fing meine Hände ein und zog sie sanft nach unten.

»Nö«, sagte Desmond. »Ich darf zuerst auspacken.«

Das heisere Versprechen in seiner Stimme jagte mir einen erwartungsvollen Schauder über den Rücken.

Langsam öffnete Desmond den Gürtel meines Bademantels, ganz vorsichtig, als wäre ich tatsächlich ein Geschenk, bei dem er die Vorfreude so lange wie möglich auskosten wollte. Schließlich öffnete er den Mantel ganz, und ich schüttelte den dicken Stoff von meinen Schultern.

Er lachte leise. »Toller Pyjama.«

Auf dem Stoff meines Schlafanzugs prangte ein Muster aus farbenfrohen Kuchenstücken. »Ein verfrühtes Geschenk von Pablo. Wir hatten letzte Woche Weihnachtsfeier im Diner. Ich habe ihm eine Fliege mit einem Muster aus Hamburgern und Pommes geschenkt.«

Desmond nickte. »Wenn ich ihn das nächste Mal sehe, muss ich Pablo ein Kompliment für seinen Kleidungsgeschmack machen. Aber im Moment interessiere ich mich mehr dafür, den Rest meines Geschenks auszupacken.«

Er öffnete die Knöpfe an meinem Oberteil. Ich ließ es neben dem Bademantel zu Boden fallen und zitterte leicht, als die kühle Luft über meine nackten Brüste glitt. Verlangen brannte in Desmonds Augen. Und die Lampen flackerten, als wollte er mir so seine Anerkennung verdeutlichen.

Er legte die Hände unter den Saum meiner Pyjamahose, um sie über meine Hüften und Beine zu schieben. Meine Unterwäsche nahm er gleich mit. Ich glitt aus dem Stoff. Desmond erhob sich wieder. Er berührte mich nicht, aber mir war noch heißer als bisher, und das Kribbeln in meinem Körper verstärkte sich. Mir rauschte das Blut in den Ohren.

»Nun, jetzt, da ich mein Geschenk ausgepackt habe, frage ich mich, was ich damit anfangen soll«, murmelte Desmond heiser. »Ah, ich hab eine Idee.«

Er trat vor und hob mich hoch. Erneut schlang ich ihm die Beine um die Hüften und lehnte mich vor, um ihn zu küssen, aber Desmond legte mich mit dem Rücken auf den weichen Teppich. Dann schenkte er mir ein verruchtes Lächeln, spreizte sanft meine Beine und senkte den Mund an meine Mitte.

Die erste Berührung seiner Zunge sorgte dafür, dass ich nach

Luft schnappte und meine Hüften den Kontakt zum Boden verloren. Desmond hob den Kopf und sah mich mit einem intensiven Blick an. Seine Augen leuchteten vor Verlangen.

»Viel besser als Kuchen«, grollte er.

Erneut senkte er den Mund, leckte, liebkoste und saugte, während er mich gleichzeitig mit den Fingern verwöhnte. Ich stöhnte, die Hände zu Fäusten geballt, weil mein gesamter Körper vor Vergnügen zitterte.

»Ja …«, keuchte ich. »*Mehr* … Desmond … *bitte* …«

Er gab mir mehr – mehr Kontakt, mehr wunderbare Liebkosungen –, bis mich mein Orgasmus erschütterte, heiß und kribbelnd.

Ich sah förmlich Sterne, die heller leuchteten als jede Lichterkette … Noch überwältigender war aber die Wärme, die mein Herz erfüllte – für Desmond, wegen allem, was er mir bedeutete. Und das war das beste Geschenk von allen.

16

Desmond

Ich sah zu, wie Charlotte zum Höhepunkt kam. Ihre Aura leuchtete in so strahlendem Blau, dass es fast in den Augen schmerzte. Manchmal glaubte ich, ich würde nie müde werden, sie zu küssen, sie zu berühren, ihr so viel Vergnügen zu bereiten wie nur möglich. Selbst jetzt verzehrte ich mich danach, sie zu liebkosen, hielt mich aber mit Mühe zurück.

Charlotte stieß zitternd den Atem aus, dann setzte sie sich langsam auf. Ihre Pupillen waren geweitet, sodass die Augen fast schwarz waren, und ich konnte das Vergnügen spüren, das immer noch durch ihren Körper knisterte.

»Frohe Weihnachten für mich«, schnurrte sie fast.

Das breite Lächeln auf ihrem Gesicht, ihr leicht verschwommener Blick, all das jagte erneut Hitze durch meinen Körper. Ich wollte nach ihr greifen, wollte mich tief in ihr vergraben, aber ich blieb unbeweglich und zufrieden neben ihr auf dem Teppich sitzen.

Das Leuchten von Charlottes Aura ließ ein wenig nach, und sie richtete ihren wieder klaren Blick auf mich. Ein verführerisches Lächeln umspielte ihre Lippen. Mein Schwanz hob sich, obwohl ich bereits hart für sie war.

»Ich bin dran«, flüsterte sie.

Eilig löste sie meine Krawatte und öffnete die Knöpfe meiner

Weste und des Hemds. Brav zog ich mich aus. Sie hielt einen Moment inne, um meine Brust zu bewundern, dann griff sie nach meiner Hose. Sie streichelte mich durch den Stoff und entriss mir damit ein Zischen, dann konnte ich mich einfach nicht länger zurückhalten.

Ich packte ihre Taille und zog sie an mich, bis sie wieder rittlings auf mir saß. Dann umfasste ich ihre Brüste, genoss ihr wunderbares Gewicht in meinen Händen. Charlotte stieß ein leises Seufzen aus, legte die Hände auf meine Schultern und drängte sich meiner Berührung entgegen. Ich ließ die Zunge um einen Nippel kreisen, bevor ich leicht daran saugte. Warm, weich und süß wie der Rest von ihr.

»Aah«, keuchte Charlotte und vergrub die Finger in meinem Rücken. »Du lenkst mich ab.«

»Wirklich?«, murmelte ich, bevor ich mich dem anderen Nippel zuwandte. »Würde ich so was wirklich tun?«

Sie stöhnte leise, dann senkte sie die Hände und begann, eilig meinen Gürtel und den Reißverschluss zu öffnen, bevor sie meine Hose zusammen mit den Boxershorts nach unten schob. Ich zog ein Kondom aus meinem Geldbeutel. Charlotte nahm die Pille, aber wir schützten uns immer zusätzlich.

Jetzt, da wir endlich beide nackt waren, legte Charlotte mir erneut die Hände auf die Schultern, und ich erlaubte ihr, mich auf den Teppich zu drücken. Sie grinste, dann senkte sie den Kopf und begann, mich mit dem Mund zu verwöhnen. Sie leckte, saugte und liebkoste mich genauso, wie ich es bei ihr getan hatte. Und diesmal war ich es, der stöhnte, keuchte und um mehr bettelte.

Kurz bevor ich zu explodieren drohte, öffnete ich das Kondom und rollte es über meine Erektion. Dann griff ich wieder nach Charlotte. Ich wollte diesen Moment so lange auskosten wie möglich, also streckte ich mich neben ihr auf dem Teppich aus und bewunderte, wie stark und schön sie war, innerlich wie äußerlich.

Sie umfasste mein Gesicht und küsste mich. Ihre Zunge duellierte sich mit meiner. Ich atmete ihr Blau ein, ließ ihren Geschmack, ihre Berührung, ihren Duft und ihre Aura all die leeren Stellen und Risse in mir anfüllen, von denen ich nicht einmal gewusst hatte, wie tief sie reichten, bevor Charlotte in mein Leben getreten war.

Mit einem Grollen zog ich sie näher an mich, bis wir uns auf voller Länge berührten. Sie vergrub die Finger in meinem Haar und kratzte mir über die Kopfhaut, während ich die Hand senkte und sie erneut liebkoste. Charlotte wand sich an mir, und ihre Hände glitten genauso über meinen Körper wie meine über ihren.

»Desmond«, keuchte sie. »Desmond.«

Ich drehte uns, sodass sie unter mir lag. Ihre Augen waren schon wieder eher schwarz als blau. Sie schlang mir die Beine um die Hüften und nickte. Sofort drang ich in sie ein.

Es war … sie fühlte sich … unglaublich an.

Ich versuchte, mir Zeit zu lassen – unser Liebesspiel in die Länge zu ziehen –, aber mein Körper entzog sich meiner Kontrolle. Schnell und hart stieß ich in sie, drang mit jeder Bewegung meiner Hüften ein wenig tiefer in sie ein.

Charlotte schlang die Beine noch enger um mich. Sie zog meinen Kopf nach unten und küsste mich erneut. Wir verloren uns beide in einem Rausch, stöhnten in den Mund des anderen. Charlotte erschauderte unter mir, als sich ein weiterer Orgasmus in ihr aufbaute.

Ich machte weiter, versuchte ihr so viel Vergnügen zu schenken wie möglich …

Charlotte schrie auf, und sofort durchfuhr auch mich mein Höhepunkt, stärker und knisternder als jede elektrische Strömung, die ich je gehalten hatte. Das Vergnügen war unglaublich.

Aber noch fantastischer war die Wärme, die mein Herz erfüllte, wann immer ich Charlotte ansah – ein Gefühl, das viel tiefer reichte, als ich mir selbst je zugetraut hätte.

Frohe Weihnachten für uns beide.

Danach lagen wir einfach auf dem Teppich, unter einer weichen Decke, die ich von der Couch gezogen hatte. Das Feuer war fast heruntergebrannt, daher wurde es langsam etwas kühl im Raum, aber ich genoss immer noch die Wärme unseres Liebesspiels und das Blau von Charlottes Aura.

»Das ist seit langer, langer Zeit der schönste Feiertag für mich«, gestand ich leise.

Charlotte hob den Kopf und sah mich an. Für einen Moment glaubte ich schon, zu viel enthüllt zu haben; ihr zu viel darüber verraten zu haben, wie wichtig sie mir war und wie viel ich für sie empfand – Emotionen, die weit über den tollen Sex hinausgingen, den wir gemeinsam genossen hatten.

Aber dann breitete sich ein sanftes Lächeln auf ihrem Gesicht aus, und ich wusste, dass alles in Ordnung war. »Das ist auch für mich der beste Feiertag seit langer, langer Zeit«, antwortete sie. »Fröhliche Weihnachten, Dundee.«

»Fröhliche Weihnachten, Ziffer.« Ich räusperte mich. »Weißt du, du hattest vorhin recht.«

»Mit was?«

»Wir sollten noch ein wenig Gebäck essen – später.«

Sie hob eine Augenbraue. »Wie viel später?«

Ich ließ die Hand über ihren Körper gleiten. Ihre Atmung beschleunigte sich, und ihre Aura pulsierte. Ich grinste. »Viel, viel später. Was sagst du dazu?«

»Klingt nach einem tollen Plan.« Charlotte lachte und presste die Lippen auf meine.

Epilog

Gabriel

Ich stand in meiner Hotelsuite und starrte aus dem Fenster auf das verschlafene, ruhige Dorf hinaus.

Elsa und Lina Eisen waren sicher in der Suite nebenan untergebracht, und ich hatte endlich eine Dusche und etwas Schlaf bekommen. Charlotte hatte mir vorhin eine Nachricht geschrieben. Wir hatten uns für den späten Nachmittag verabredet, damit sie Elsa über ihren Familienbetrieb und ihre vielen zwielichtigen Klienten ausfragen konnte – Henrika Hyde eingeschlossen.

Ich nippte an meinem warmen Apfelwein und genoss die Mischung aus frischem Apfel und Zimt. So hatte ich mir mein Weihnachten nicht unbedingt vorgestellt, aber insgesamt war alles ganz okay gelaufen.

Als mein Handy auf dem Tisch brummte, griff ich danach.

Unbekannte Nummer.

Ich verspannte mich. Mein Daumen schwebte unschlüssig über dem Gerät, letztendlich gewann meine Neugier aber. Ich strich über das Display, um den Anruf anzunehmen, mit dem ich seit Stunden rechnete.

Ich hielt das Handy ans Ohr, ohne etwas zu sagen. Durch den Lautsprecher hörte ich im Hintergrund Musik – irgendeine Version von *Carol of the Bells*. Nun, zumindest war es nicht der *Tanz der Zuckerfee*. Nach allem, was gestern Abend geschehen war, wollte ich dieses Stück nie wieder hören.

»Ich nehme an, die Sache in Burg Tannenbaum ist gut gelaufen«, murmelte eine weiche, weibliche Stimme an meinem Ohr.

»Hängt von der Definition des Wortes *gut* ab«, meinte ich gedehnt. »Für Katarina Tanetsa und ihre Söldnertruppe ist es nicht so toll gelaufen.«

Meine mysteriöse Anruferin lachte. Das Geräusch faszinierte mich viel mehr, als es eigentlich sollte.

»Wollen Sie mir vielleicht verraten, wieso Sie mich vor drei Tagen angerufen und aufgefordert haben, hierherzukommen?«, fragte ich.

Ich war wirklich in Frankfurt gewesen, weil ich dort gerade einen Auftrag für einen Kunden abgeschlossen hatte – genau wie Desmond gesagt hatte, bevor im Ballsaal alles schiefgegangen war. Ich hatte ihm nur nicht den wahren Grund verraten, aus dem ich mich in der Burg aufgehalten hatte – weil ich einen anonymen Anruf erhalten hatte, bei dem mir erklärt worden war, dass er und Charlotte dort waren und vielleicht meine Hilfe brauchten. Gefolgt von einer digitalen Partyeinladung.

Zuerst hatte ich versucht, herauszufinden, ob die Information korrekt war und wer genau mich da eigentlich angerufen hatte … aber bisher hatten meine üblichen Tricks und Techniken keinen Erfolg gezeitigt. Ich hatte immer noch keine Ahnung, mit wem ich gerade sprach.

Ich hasste es, ahnungslos zu sein.

»Ich habe meine Gründe, Mr Chase«, antwortete die Frau endlich auf meine Frage. »Und die gehen Sie nichts an.«

»Oh, ich denke doch, dass sie mich etwas angehen. Vor allem, weil sie mit meinen Freunden zu tun haben.«

»Hmmm. Also betrachten Sie Desmond jetzt als Freund? Interessante Wendung. Ich hatte den Eindruck, dass Sie beide sich nicht ausstehen können. Das ist bei Cleanern oft der Fall. Ego-Clash in jeder Hinsicht.«

In diesem Punkt hatte sie absolut recht. Die meisten Cleaner waren unerträglich arrogante Blödmänner. Und ich bildete da keine Ausnahme. Ich hatte mich mit mehr als einem Cleaner-Kollegen überworfen, als ich noch in der Section 47 gearbeitet hatte, sowohl vor, während, als auch nach Missionen. Aber ich hielt den Mund. Sie wusste bereits zu viel über mich, daher hatte ich nicht vor, ihr noch mehr Infos zu liefern.

Das Schweigen zog sich in die Länge. Im Hintergrund hörte ich weiter die Musik. Die Melodie passte zu ihr – in dem einen Moment leicht und fröhlich, im nächsten sinnlich und schwer, mit jeder Menge faszinierender Nuancen und ungeahnter Tiefen.

Endlich verklang das Lied.

»Sie wissen, dass ich herausfinden werde, wer Sie sind und wieso Sie sich so für Charlotte und Desmond interessieren«, sagte ich.

Sie lachte leise. »Viel Glück dabei. Besonders, nachdem Sie ihren Freunden vermutlich gar nicht erzählt haben, dass es nicht Elsa Eisen war, die sie zur Weihnachtsfeier eingeladen hat.«

Ich antwortete nicht. Sie lachte wieder, doch es war kein spöttisches Geräusch. Eher, als amüsierte sie sich ehrlich über die schwierige Situation, in die sie mich gebracht hatte.

»Sie sollten es ihnen wirklich sagen«, meinte sie. »Wenn Charlotte Locke so klug ist, wie alle behaupten, wird sie früher oder später sowieso draufkommen. Genau wie Desmond. Ersparen Sie sich den Ärger, Mr Chase. Sie wollen doch nicht die wenigen Freunde verlieren, die Sie in der Section noch haben.«

Ich dachte daran zurück, wie Charlotte mich gestern im Ballsaal gemustert hatte. Ich hätte darauf gewettet, dass sie mich bereits durchschaut hatte … auch wenn sie vor Desmond nichts gesagt hatte. Aber ich kannte Charlotte besser als fast jeder andere Mensch und wusste, wann sich die Zahnräder in ihrem Kopf drehten. Meine geheimnisvolle Anruferin hatte recht. Ich sollte mit Charlotte reden. Sie gehörte zu meinen besten Freunden. Ich wollte sie nicht anlügen – oder noch schlimmer, ihr das Gefühl vermitteln, dass sie mir nicht vertrauen konnte.

»Sobald ich Charlotte von Ihren charmanten Anrufen erzähle, wird sie anfangen, nach Ihnen zu suchen«, sagte ich. »Und lassen Sie sich von mir versichern: Sie wollen nicht, dass Charlotte Locke sich für Ihr Leben interessiert ... wer Sie auch immer sein mögen.«

Ich konnte ihr Achselzucken förmlich hören. »Ich weiß, dass es mir nicht ewig gelingen wird, mich zu verbergen, und bin auf die Folgen vorbereitet. In der Zwischenzeit werde ich mein Möglichstes tun, um zu bekommen, was ich will.«

»Und was genau wäre das?«

Für einen Moment dachte ich, sie würde mir eine Antwort verweigern, doch dann drang ein einziges Wort aus dem Lautsprecher.

»Rache.«

Dutzende Fragen schossen mir durch den Kopf. Wer hatte ihr unrecht getan? Katarina Tanetsa und ihre Söldnertruppe? Henrika Hyde? Oder jemand ganz anderes? Und was hatten Charlotte und Desmond mit der Rache zu tun, nach der sie strebte? Aber wieder blieb ich stumm. Sie würde sowieso nicht antworten.

»Haben Sie nichts zu sagen?«, fragte sie leicht spöttisch.

Ich zuckte mit den Schultern, auch wenn sie die Bewegung nicht sehen konnte. »Es gibt nicht viel zu sagen, wenn ich nicht mal Ihren Namen kenne.«

»Sie können mich ... Nemesis nennen.«

»Was meinen Sie damit?«

»Sie sind ein kluger Kopf. Ich bin mir sicher, Sie kommen darauf. Oh, und Mr Chase?«

»Ja?«, fragte ich wachsam.

»Fröhliche Weihnachten.«

Bevor ich antworten konnte, legte sie auf. Ich starrte mehrere Sekunden lang das Telefon an, dann schrieb ich einem meiner vertrauenswürdigsten Techniker eine Nachricht, in der ich ihn bat, den Anruf zurückzuverfolgen, obwohl ich wusste, dass er nichts finden würde.

Ich konnte nur darauf warten, dass die mysteriöse Frau wieder anrief. Und sie *würde* wieder anrufen. Das wusste ich instinktiv.

Bis dahin würde ich einfach mein Bestes geben müssen, um Charlotte und Desmond bei ihrer gefährlichen Suche nach Henrika Hyde beizustehen. Also legte ich mein Handy zur Seite, trank noch einen Schluck warmen Apfelwein und starrte in den Schnee hinaus.

Die Weihnachtsplaylist von »Sense of Winter«

Kapitel 1 – Charlotte
»O Tannenbaum«
»Snoopy's Christmas« von The Royal Guardsmen

Kapitel 2 – Desmond
»It's Beginning to Look a Lot Like Christmas« von Michael Bublé
»It's the Most Wonderful Time of the Year« von Andy Williams

Kapitel 3 – Charlotte
»Christmas Come Early« von Kelly Clarkson
»My Favorite Things« von Julie Andrews aus *The Sound of Music*

Kapitel 4 – Desmond
»Santa Baby« von Eartha Kitt
»Something for Christmas« von Caro Emerald

Kapitel 5 – Charlotte
»It's a Marshmallow World« von Brenda Lee
»Winter Wonderland«

Kapitel 6 – Desmond
»The Cowboy's Christmas Ball«
von The Killers
»A Mad Russian's Christmas«
vom Trans-Siberian Orchestra

Kapitel 7 – Charlotte
»Hard Candy Christmas« von Dolly Parton
»White Christmas«

Kapitel 8 – Desmond
»Boots« von The Killers
»A Great Big Sled« von The Killers

Kapitel 9 – Charlotte
»Christmas All Over Again« von Tom Petty
»Just For Now« von Kelly Clarkson

Kapitel 10 – Desmond
»Christmas (Baby Please Come Home)«
von Darlene Love
»Ho Ho Ho and a Bottle of Rhum«
von Jimmy Buffet

Kapitel 11 – Charlotte
»4 Carats« von Kelly Clarkson
»Toy Jackpot« von Professor Break Speed

Kapitel 12 – Desmond
»Silver Bells«
»Stille Nacht«

Kapitel 13 – Charlotte
»Tanz der Zuckerfee« aus dem Ballett *Der Nussknacker*
von Pjotr Iljitsch Tschaikowski
»Christmas Isn't Cancelled (Just You)«
von Kelly Clarkson

Kapitel 14 – Desmond
»Christmas Canon« vom Trans-Siberian Orchestra
»We Three Kings«

Kapitel 15 – Charlotte
»2000 Miles« von The Pretenders
»Winter Dreams (Brandon's Song)« von Kelly Clarkson

Kapitel 16 – Desmond
»Christmas for Cowboys« von John Denver
»Let It Be Christmas« von Alan Jackson

Epilog – Gabriel
»Carol of the Bells«
»Christmas Eve/Sarajevo 12/24«
vom Trans-Siberian Orchestra

Bonus-Lieder
»Do You Know How Christmas Trees Are Grown«
von Nina van Pollandt aus dem Film
Im Geheimdienst Ihrer Majestät
»Christmas in L. A.« von The Killers
»Joel The Lump of Coal« von The Killers und Jimmy Kimmel

ENTDECKE
PHANTASTISCHE
WELTEN MIT
PIPER FANTASY
©Adobe Stock
PIPER
piper-fantasy.de